영화 속에 나오는

# 해리포터

Harry Potter

빗자루 컬렉션

영화 속에 나오는

# 해리포터

Harry Potter

빗자루 컬렉션

조디 리벤슨 지음 | 최지원 옮김

문학수첩

## 차례

| | |
|---|---|
| 들어가며 | 7 |
| 마법사 세계의 빗자루 | 9 |
| 퀴디치 경기 | 29 |
| 퀴디치 유니폼과 관중들의 응원복 | 63 |
| 프로 퀴디치 리그와 제422회 퀴디치 월드컵 | 81 |
| 불사조 기사단 | 97 |
| 일곱 포터의 각개 전투 | 107 |
| 필요의 방 탈출하기 | 119 |
| 〈신비한 동물사전〉의 빗자루 | 125 |
| 빗자루 도안 | 131 |
| 마무리하며 | 143 |
| 빗자루 한눈에 보기 | 144 |

## 들어가며

머글 세계에서 빗자루는 평범한 일상 용품이다. 바닥을 쓸거나 집 밖으로 먼지를 밀어내는 사소한 일에 사용된다. 하지만 마법사 세계에서 빗자루는 그보다 훨씬 더 중요하게 취급된다.

〈해리 포터〉 시리즈의 마법사들은 빗자루를 타고 날아올라 한 장소에서 다른 장소로 이동한다. 빗자루를 요리조리 몰아 사나운 용을 피하거나 죽음을 먹는 자들에게서 달아나기도 하고, 그냥 하늘을 날고 싶어서 빗자루를 타기도 한다. 마법사 세계에서 가장 인기 있는 스포츠를 할 때도 빗자루는 필수 장비다. 퀴디치 시합이 열리면 양 팀 선수들은 빗자루로 하늘을 가르며 흥미진진한 승부를 펼친다. 속도가 생명인 스포츠인 만큼 최신형 빗자루를 보유한 팀이 유리하기 때문에, 《예언자일보》에는 신형 빗자루를 소개하는 광고가 자주 실린다.

마법 빗자루는 용도에 따라 디자인도 제각각이며, 주인의 개성이 묻어나는 경우가 많다. 이 책에서는 〈해리 포터〉 영화에 등장하는 빗자루와 그것을 만든 제작자들, 그리고 빗자루 주인들에 대해 자세히 살펴볼 것이다. 마법 빗자루를 스크린에 재현하기 위해 많은 이들이 저마다 자신의 역할을 다해주었다. 빗자루를 설계하고 제작한 영화 제작진부터 빗자루에 올라타 연기를 펼친 배우들까지, 모두가 힘을 합쳐 만들어 낸 결과물을 지금부터 만나보도록 하자.

# 마법사 세계의 빗자루

해리가 호그와트 마법학교에서 겪은 다양한 모험을 빗자루 없이 설명하기란 불가능한 일이다. 해리에게 빗자루는 지팡이만큼이나 중요한 마법 용품이기 때문이다. 〈해리 포터와 마법사의 돌〉에서 해리는 친구들과 함께 마법사의 돌을 찾아 나섰다가 날아다니는 열쇠들의 공격을 받지만, 타고난 빗자루 조종술 덕분에 무사히 이 관문을 통과한다.

〈해리 포터와 불의 잔〉에서는 트라이위저드 대회의 첫 번째 과제(잔뜩 흥분한 용을 통과해서 두 번째 과제의 힌트를 획득해야 함)에서 빗자루를 소환한다. 그리고 자신의 특기인 날쌘 비행으로 헝가리 혼테일을 따돌리고 힌트를 손에 넣는 데 성공한다.

하지만 해리의 진가가 가장 확실히 발휘된 분야는 다름 아닌 퀴디치로, 그리핀도르 팀에서 100년 만에 나온 최연소 선수에 이름을 올린다. 해리는 처음 팀에 합류할 때 당시 최신형 모델인 '님부스 2000'을, 몇 년 뒤에는 '파이어볼트'를 선물로 받는다. 하지만 뛰어난 비행 실력을 갖고 있는 만큼, 빗자루의 성능은 부차적인 문제일 뿐이다.

마법 지팡이처럼 빗자루도 그 주인에게 특별한 의미를 지닌다. 〈해리 포터 시리즈〉의 콘셉트 아티스트와 소품 제작자들은 각각의 빗자루에 그것을 타는 마법사의 개성을 담으려고 노력했다. 톡톡 튀는 패션이 매력인 님파도라 통스의 빗자루는 빗머리(솔 부분—옮긴이)에 화려한 빛깔의 잔가지가 군데군데 섞여 있다. 머글 물품 애호가인 아서 위즐리는 머글 자전거의 페달과 바구니를 자신의 빗자루에 달아놓았다. 그리고 반항적인 오러인 '매드아이' 앨러스터 무디의 빗자루는 요란하게 개조한 오토바이를 떠올리게 한다.

## 초기 빗자루 디자인

*"첫 비행 수업에 온 것을 환영한다."*
—후치 선생, 〈해리 포터와 마법사의 돌〉

마법 빗자루는 실용적이고 간소해야 할까, 아니면 자유분방하고 화려해야 할까? 속도를 위해 유선형으로 만들어야 할까, 아니면 리본 같은 개인적인 취향을 드러내야 할까? 〈해리 포터〉 영화에 등장한 빗자루는 대부분 콘셉트 아티스트인 거트 스티븐스의 아이디어에서 발전되었다. 스티븐스를 비롯한 콘셉트 및 비주얼 개발 팀은 원작 소설을 참고하는 한편 프로덕션 디자이너인 스튜어트 크레이그와 의견을 교환하며 작업을 진행해 나갔다. 크레이그는 〈해리 포터〉 영화의 전체적인 시각 이미지를 완성시킨 장본인이다.

  스티븐스의 첫 디자인은 손잡이의 기본 형태를 설정하는 데 도움이 됐지만, 엉뚱한 측면이 강했다. 초기 디자인 중 하나는 특이하게도 불투명한 보라색 플라스틱 '솔'과 말안장 같은 좌석, 올라탔을 때 발을 디디는 용도로 보이는 발받침이 달려 있었다. 두 번째 디자인은 일반적인 빗자루처럼 잔가지로 빗머리를 만들어 이음쇠로 고정하고, 그 위에 보라색 끈을 묶었다. 하지만 구부러진 자루 끝에 용이 조각된 머리 장식을 달아 결코 평범하지 않은 위용을 과시했다.

## 빗자루 제작자들

마법사 세계에서는 몇몇 빗자루 브랜드가 치열한 경쟁을 벌이고 있다. 경기용 빗자루를 제작하는 님부스사는 '님부스 2000'과 '님부스 2001' 모델을 연속해서 히트시켰다. 이 빗자루들은 출시 당시 최고의 속력을 자랑했지만, 〈해리 포터와 아즈카반의 죄수〉에서 그보다 빠른 빗자루인 '파이어볼트'가 등장한다.

〈해리 포터〉 영화에 사용된 빗자루의 제작은 밑그림 단계부터 시작되었다. 먼저 비주얼 개발 팀에서 빗자루 주인의 개성을 반영한 디자인 도안을 만든다. 수십 장의 스케치 중 프로덕션 디자이너인 스튜어트 크레이그의 최종 승인을 받은 것만이 실제 제작에 들어간다. "최종 결정권자들이 만족할 때까지 수도 없이 다시 그려야 했어요. 빗자루의 핵심 가치를 염두에 두고 그것을 캐릭터와 연계시키는 게 중요했죠." 〈해리 포터와 불사조 기사단〉의 빗자루 디자인에 참여한 애덤 브록뱅크의 말이다. 그렇게 공들여 디자인한 빗자루가 로브에 가려질 때는 속상한 마음을 금할 길이 없었다. "화면에 자세하게 비친 적이 없어요. 순식간에 지나가 버리니까요!"

일단 디자인이 승인되고 나면, 미술 감독인 해티 스토리와 팀원들이 빗자루의 길이와 재질, 곡률은 물론이고 마감 칠이나 디테일(특이한 혹이나 파이어볼트에 새기는 룬문자 등)이 모두 포함된 설계 초안을 그린다.

설계도가 완성되면 호그와트 학생들의 빗자루를 만드는 일은 이제 소품 팀으로 넘어간다. 경기용 빗자루를 제작할 때 가장 중요한 점은 튼튼하면서도 가벼워야 한다는 것이었다. 소품 제작 팀의 수장인 피에르 보해나는 이렇게 말한다. "이건 애들이 갖고 노는 소품이 아니라, 직접 올라타야 할 기구였으니까요. 모션 컨트롤 장치에 얹어서 진짜 하늘을 나는 것처럼 이리저리 비틀고 회전시키는 특수 촬영을 하는 거였어요. 그러니 아주 가벼우면서도 내구성이 뛰어나야 했죠." 이를 위해 항공기에 사용되는 티타늄으로 빗자루의 심을 제작했다. 그런 다음 자루와 손잡이 부분을 마호가니 나무로 감싸고, 자작나무 가지로 빗머리를 만들었다.

하지만 〈해리 포터〉 영화에 나오는 모든 빗자루가 하늘을 난 것은 아니다. 〈해리 포터와 불의 잔〉에서 바로 이런 평범한 빗자루가 대량으로 필요했다. 물품 구매 팀의 타마진 시먼즈는 햄프셔주 태들리에서 대대로 빗자루를 만들어 온 집안과 공급 계약을 맺었는데, 알고 보니 이곳은 버킹엄궁의 공식 대빗자루 납품 업체였다. 영화를 위해 자작나무 거목과 개암나무 잔가지로 80개 이상의 빗자루가 제작되었다. 빗자루 재료들은 나무 수액이 바짝 마르는 겨울 내내 수집됐다. 그리고 특별 요청 사항인 손잡이, 혹은 '꼬리'의 둘레를 맞추려면 6개월간 건조시켜 나무 껍질을 벗겨야 했다.

이 빗자루들은 나무 꼭대기에서 꺾은 잔가지로 빗머리를 엮었다. 우선 길고 거친 나뭇가지들을 한데 뭉치고, 그보다 짧고 매끄러운 가지들로 주위를 감싼 다음, 철사로 단단하게 묶어 완성했다. 마지막으로 꼬리를 빗머리에 집어넣고 못이나 나무못으로 고정했다. 이러한 공정은 300년을 이어온 전통에 따라 기계의 도움 없이 전부 수작업으로 이루어졌다.

## 다이애건 앨리의 빗자루 판매점

다이애건 앨리는 런던에 있는 마법사 세계의 시장으로, 이곳의 상점들은 다양한 마법 생명체와 솥단지 등을 판매한다. 당연히 빗자루 판매점도 자리 잡고 있다. 〈해리 포터와 마법사의 돌〉에서 해리는 신입생 준비물을 구하기 위해 다이애건 앨리에 처음 발을 들인다. 그리고 골목 안에서 자기 또래의 아이들이 바글거리는 상점을 하나 발견한다. 퀴디치 팬들의 발길을 사로잡는 '고급 퀴디치 용품점'이었다. 아직 퀴디치가 뭔지도 모르는 해리였지만, 진열창 안의 물건을 보자마자 마음을 빼앗기고 만다. 현존하는 빗자루 중 가장 빠르다는 최신형 님부스 2000이 둥둥 떠 있었던 것이다.

 고급 퀴디치 용품점에서는 시합에 필요한 장비뿐 아니라 잉글랜드 프로 팀들의 상징색과 로고가 들어간 기념품도 취급한다. 세트 디자이너들은 상점 전면에 진열된 마네킹에 처들리 캐넌스와 홀리헤드 하피스 팀의 망토를 입혀놓았다. 진열창 뒤편으로는 퍼들미어 유나이티드, 밸리캐슬 배츠, 몬트로즈 맥파이스 같은 팀들의 배너도 드리웠다. 상점 뒤편의 선반에는 손님들이 시범 운행을 해볼 수 있는 빗자루도 몇 개 걸려 있지만, '파손 시 배상해야 함'이라는 경고 문구가 붙어 있다.

 다이애건 앨리에는 고급 퀴디치 용품점 말고도 빗자루 가게가 한 군데 더 있다. 중고품 가게인데, 간판에는 '새것이나 다름없는' 빗자루를 판매한다고 써 붙여 놓았다. 이름도 '중고 빗자루점'인 이 가게의 외벽에는 후줄근한 빗자루들이 한가득 쌓여 있다.

 세트 장식가인 스테퍼니 맥밀런은 〈해리 포터와 마법사의 돌〉을 준비하면서 다이애건 앨리 세트장에 배치할 빗자루를 대량으로 사들여야 했다. 맥밀런의 팀원들은 각지의 골동품 판매점과 벼룩시장을 돌며 빗자루를 구했지만, 어디에 사용할 건지는 절대 발설할 수 없었다. 팀원 하나는 집에 쓸어버릴 게 잔뜩 쌓여서 빗자루가 많이 필요하다고 재치 있게 둘러댔다.

# 비행 수업용 빗자루

"위로!"

—1학년 학생들, 〈해리 포터와 마법사의 돌〉

호그와트 신입생들은 빗자루 타는 법을 익히기 위해 비행 수업을 필수적으로 들어야 한다. 이 수업의 담당 교사인 롤랜다 후치 선생은 호그와트 교내 퀴디치 대회의 심판이기도 하며, 그야말로 매의 눈을 갖고 있다. 수업 시간에는 학교에 비치돼 있는 빗자루를 사용하는데, 거칠고 울퉁불퉁한 모습에서 세월의 흔적이 느껴진다.

수업의 첫 과제는 빗자루를 떠오르게 해서 손에 쥐는 것이다. 후치 선생은 학생들을 각자 빗자루 왼쪽에 서게 한 다음, 오른손을 뻗어 "위로!"라는 주문을 외치라고 한다. 해리의 빗자루는 단번에 튀어 올라 그의 손에 안착한다. 하지만 헤르미온느의 빗자루는 꿈쩍도 하지 않아 주인의 화를 돋우고, 론의 빗자루는 벌떡 솟아올라 그의 얼굴을 강타한다.

〈해리 포터와 마법사의 돌〉에서 어린 배우들이 비행 수업에 사용한 빗자루는 자작나무 자루에 빗머리를 고정해 버드나무 가지로 동여맨 단순한 구조였다. 이 수업에서 실제로 하늘을 나는 건 해리 포터와 드레이코 말포이, 네빌 롱보텀뿐이라 가능한 일이었다. 하지만 구불구불한 마디와 툭 불거진 혹 등으로 자연스러운 느낌을 최대한 살렸다.

## 비행 수업의 첫 성공자

계속해서 첫 수업이 진행되는 가운데, 후치 선생은 이제 빗자루에 앉아 땅을 박차고 올라 잠시 공중을 맴돌다가 내려와 보라고 한다. 네빌 롱보텀은 호루라기 소리와 함께 공중으로 떠오르지만 다시 내려오질 못하더니, 갑자기 속도를 높여 호그와트 교정을 매섭게 날아가기 시작한다.

네빌 역을 맡은 배우 매슈 루이스는 이렇게 회상한다. "대본에서 그 부분을 읽긴 했지만, 어떻게 촬영할지는 전혀 감이 안 잡혔어요." 처음으로 날아오르는 장면을 위해, 매슈 루이스의 빗자루는 블루스크린이 씌워진 막대기에 부착되어 크레인과 연결되었다. 그리고 큐 사인이 떨어지자 크레인이 매슈 루이스를 공중으로 끌어 올렸다. "그런 식으로 촬영하는 건 정말 어색했어요. 빗자루에 앉은 채 공중에 매달려 있었으니까요. 하지만 한편으론 멋지기도 했어요." 처음에는 높이 올라가는 게 무섭기도 했지만, 직접 스턴트 촬영을 해볼 기회라는 생각에 공포심을 이겨 냈다.

네빌의 나머지 비행 장면은 충격 흡수 매트로 뒤덮인 블루스크린 스튜디오에서 촬영되었다. 이때 사용된 건 단순하게 생긴 빗자루였지만, 배우들의 편의를 위해 빗머리와 손잡이 사이에 자전거 안장을 장착한 다음 망토로 가려지게 했다.

## 날개 달린 열쇠들과의 술래잡기

마법사 세계에서 날아다니는 건 빗자루만이 아니다. 〈해리 포터와 마법사의 돌〉에서 해리, 론, 헤르미온느는 호그와트에 보관된 마법사의 돌을 찾아 위험천만한 모험에 나선다. 그리고 이를 위한 관문을 통과하던 중, 날개 달린 열쇠가 가득한 방에 들어선다. 한쪽에는 비행 수업 때 쓰던 것과 같은 빗자루가 공중에 떠 있다. '알로호모라' 주문을 걸어도 다음 관문으로 나아갈 문이 열리지 않자, 세 사람은 열쇠 구멍에 맞는 열쇠를 찾아야 한다는 걸 깨닫는다. 빗자루에 올라탄 해리는 도망치는 열쇠들을 추격해 올바른 열쇠를 붙잡는 데 성공한다.

실물 열쇠와 날개 견본이 제작되긴 했지만, 피에르 보해나에 따르면 이 소품은 참고 자료 혹은 가이드일 뿐이었다. 대신 시각효과 팀에서 수천 개의 날아다니는 열쇠를 화면상으로 만들어 냈다. 촬영 현장에서 물리적으로 사용된 열쇠는 해리가 붙잡은 낡고 녹슨 열쇠 하나뿐이었다. "화려하게 생긴 수많은 열쇠 틈에 단 하나 섞여 있는 평범하고 투박한 열쇠가 정답이었죠." 피에르 보해나의 말이다. 디지털 아티스트들은 새 떼의 비행 패턴을 참고해 날개 달린 열쇠들의 움직임을 모델링했다.

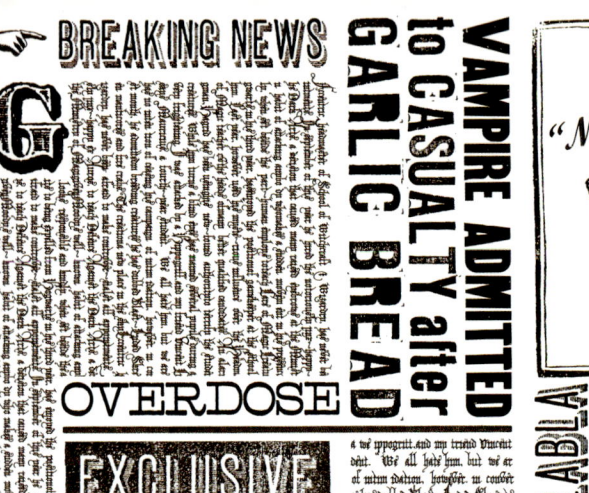

# BREAKING NEWS

**VAMPIRE ADMITTED to CASUALTY after GARLIC BREAD**

## "No More Va-Va-Broom?"
### HAS YOUR BROOM LOST ITS VROOM?
**FLITE-RITE** — for all your Broomstick Maintenance Needs

## NEW FAKE WIZARD

**OVERDOSE**

**EXCLUSIVE**

**FRONT & BACK COULD SWAP PLACES**

BLABLABLA

**MUGGLES EXPOSED**

**SPELL LOSS?** SEE OUR NEW PRODUCTS Pg.7

Local NEWS

SHORT NEWS

**POTION OF THE MONTH**

---

# ROMANIAN BEAST CLIMBING

CITY LIFE GETTING YOU DOWN? NEED A BREAK? TRY A RELAXING WEEKEND BEAST CLIMBING IN THE RELAXING SURROUNDINGS OF ROMANIA.

*"fun for all the family!"* — Witch Holiday? Magazine

**THE CRAZE THAT'S ROCKING THE WIZARD WORLD!**

ROGUE

**SECRET STASH OF POTENT POLYJUICE POTIONS**

## BLACK CARP Co.
**FLY IN SECURITY & COMFORT IN OUR PURE BLACK PERSIAN CARPETS**
**NO PLACE TOO FAR!**
Portkeys - Tours - Long Journeys - Courier - Events
THE Dept. of MAGICAL TRANSPORTATION RECOMMENDS flying only in BLACK CARPS or AUTHORIZED MINI CARPS
*Fully Insured*

**BERTIE BOTT RECALL**

ANOTHER VICTIM?

**UNCOVERED — NEWS IN BRIEF**

Lizard Storage Issues? Try The New
**LIZARD BELT!**
*Now holds TWELVE lizards!*
YES! please rush me ___ Lizard Belts!
Name / Address / Owl Code
Send us a self-addressed Owl for a free Brochure!

**DARK WIZARD**

**CONFUSED MUGGLE TRAINSPOTTER**

**WITCH WATCHERS**

## 빗자루 광고

그래픽 아티스트인 미라포라 미나와 에두아르도 리마는 《예언자일보》의 지면을 십자말풀이나 스포츠 소식, 잡다한 광고 등의 시시콜콜한 정보로 가득 채우는 임무를 맡았다. 두 사람은 《해리 포터》 소설을 읽으며 자료를 추렸고, 거기에 원작자인 J.K. 롤링의 승인을 받은 자신들의 아이디어를 덧붙여 마법사 세계의 문화를 창조해 냈다. 님부스사에서 가족 모두가 탈 수 있는 마차형 빗자루 '팸부스'를 출시했다는 소식과 빗자루의 부르릉 소리가 예전 같지 않다면 연락하시라는 광고 등이 이러한 노력의 결과다.

# 퀴디치 경기

마법사 세계에서 가장 인기 있는 스포츠는 빗자루를 타며 경기하는 퀴디치다. 각 팀에서 추격꾼 3명과 몰이꾼 2명, 파수꾼 1명, 수색꾼 1명을 합쳐 총 7명의 선수가 출전한다. 추격꾼들은 고리 모양으로 생긴 3개의 골대 중 하나에 쿼플이라는 공을 던져 넣어 점수를 얻는다. 파수꾼은 자기 팀 골대를 지키면서 한 골에 10점짜리인 쿼플을 막아낸다. 시합 내내 마법이 걸린 '블러저'라는 공 2개가 경기장 안을 날아다니며 선수들을 빗자루에서 떨어뜨리려 한다. 몰이꾼들은 이 블러저를 방망이로 멀리 쳐내 자기 팀 선수들을 보호하거나 상대 선수를 공격한다. 마지막으로 수색꾼은 골든 스니치를 잡는 역할을 맡고 있는데, 스니치를 잡으면 150점을 얻고 경기는 바로 끝난다.

"퀴디치가 아슬아슬한 경기라는 느낌을 주는 게 중요했어요. 굉장히 빠르고, 또…… 더 나은 말이 생각 안 나는데…… 아무튼 쿨해 보여야 했죠. 이 영화를 보는 아이라면 누구나 '나도 운동 경기를 한다면 저런 걸 해보고 싶다'고 생각하도록 말이에요." 〈해리 포터와 마법사의 돌〉을 연출한 크리스 콜럼버스 감독의 말이다. 프로덕션 디자이너인 스튜어트 크레이그는 퀴디치 경기장 둘레에 높은 사각 탑들을 배치했다. "[이렇게 하면] 관중들도 실제 경기가 이루어지는 높이에서 선수들의 움직임을 볼 수 있으니까요." 선수들이 이 탑을 빙 돌면 속도감도 낼 수 있어 일석이조였다.

이 장에서는 〈해리 포터〉 영화에 등장한 경기용 빗자루들은 물론이고, 골든 스니치를 비롯한 퀴디치 장비들을 자세히 살펴보도록 하자.

# 해리 포터의 님부스 2000

"그건 보통 빗자루가 아니야, 해리. 님부스 2000이라고!"
―론 위즐리, 〈해리 포터와 마법사의 돌〉

〈해리 포터와 마법사의 돌〉에서 비행 수업 도중 네빌이 부상을 입자 후치 선생은 그를 양호실로 데려가는데, 이때 네빌의 주머니에서 떨어진 리멤브럴을 슬리데린의 드레이코 말포이가 주워 든다. 말포이가 빗자루에 올라타 날아오른 순간, 해리는 본능적으로 타고난 비행 실력을 발휘한다. 해리가 빗자루로 날아올라 리멤브럴을 내놓으라고 하지만 말포이는 그것을 멀리 던져버리고, 해리는 리멤브럴을 쫓아 교정을 질주한다. 그리고 리멤브럴이 탑에 부딪치기 직전에 그리핀도르 기숙사 담당인 맥고나걸 교수의 연구실 창문 앞에서 급정거해 멋지게 잡아낸다. 해리의 실력에 감명받은 맥고나걸 교수는 그를 그리핀도르 퀴디치 팀의 새로운 수색꾼으로 추천하고, 첫 번째 경기를 앞둔 해리에게 최신형 모델이자 당시에 가장 빠른 빗자루였던 님부스 2000을 선물한다.

    님부스 2000은 세련미가 돋보이는 빗자루로, 자루는 갈색으로 래커 칠을 하고 유선형의 빗머리는 3개의 가느다란 금박 밴드로 동여맸다. 자루 끝에 금색으로 빗자루의 로고도 새겨 넣었다. 비행 시퀀스를 촬영할 때는 배우들의 다리가 실제로 '날고 있는 것처럼' 보이게 하기 위해 볼트로 고정한 자전거 안장 외에 한 쌍의 페달을 추가했다. "[연출진은] 배우들이 경마 기수처럼 발을 몸 아래 바짝 붙인 채 빗자루를 타길 바랐어요." 피에르 보해나의 말이다. 페달은 안장과 달리 각각의 빗자루 디자인에 실제로 포함되었다.

## 드레이코 말포이의 님부스 2001

"잘 봐, 위즐리. 우리 아빠는 누구랑 달리 최고급품을 사줄 능력이 되거든."
—드레이코 말포이, 〈해리 포터와 비밀의 방〉

〈해리 포터와 비밀의 방〉에서 그리핀도르 팀이 경기장에서 퀴디치 연습을 하고 있을 때, 슬리데린 팀은 새로운 수색꾼인 드레이코 말포이를 훈련시킨다는 명목으로 연습 시간을 가로챈다. 이때, 말포이뿐 아니라 슬리데린 팀 전체가 님부스사의 최신형 모델인 님부스 2001을 들고 있다. 말포이의 아버지인 루시우스 말포이가 선물한 것이다.

님부스 2001은 새까만 자루가 곧게 뻗어 있고, 자루 끝 뱀 머리 모양 장식에 은색 로고가 새겨져 있다. 깔끔하게 다듬은 빗머리는 널찍한 은색 밴드로 고정했다. 특이하게도 이 빗자루의 페달은 진짜로 자전거 페달처럼 생겼지만, 다른 빗자루를 탈 때와 마찬가지로 거기에 발목을 걸고 앉는다.

스튜디오 촬영 때는 빗자루를 유압 막대 위에 부착하고, 끝부분에 배우들이 앉을 안장을 달았다. 특수효과 감독인 존 리처드슨은 이렇게 말한다. "부착 장치는 조절이 가능해서 막대를 어느 방향으로든 움직일 수 있었어요. 아이들이 거꾸로 뒤집히거나 빗자루에 매달리는 장면에서는 막대가 배우들의 위나 아래에 오도록 조종했죠." 이때 만일의 경우에 대비해, 배우들의 등과 사타구니에 등산용 안전벨트를 채워 안장에 밀착시켰다.

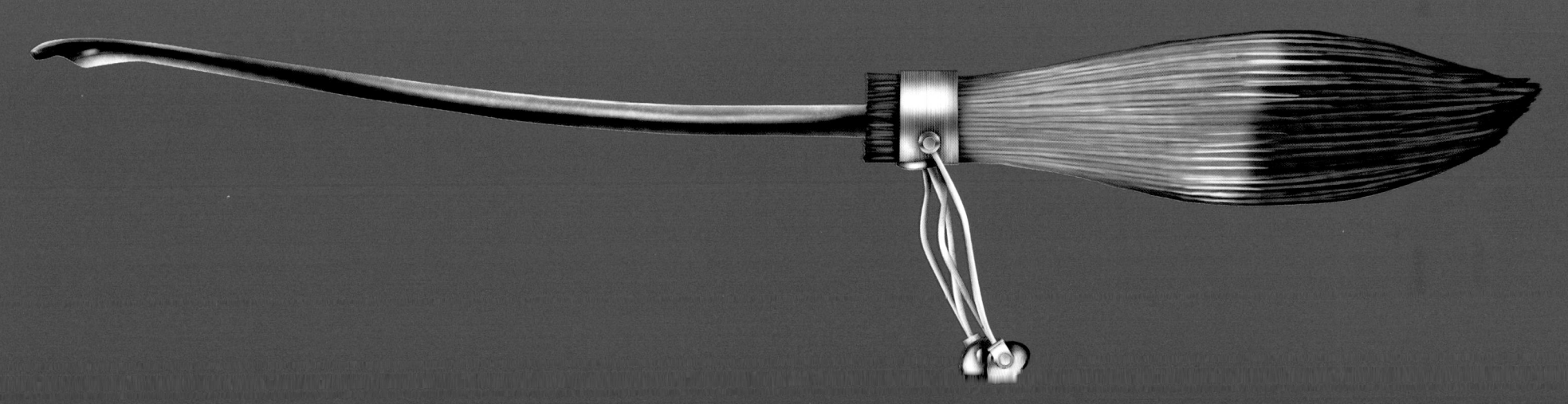

## 해리 포터의 파이어볼트

"일부러 열어본 건 아니야, 해리. 포장이 너무 엉성해서 도저히 참을 수가 없었어!"
—론 위즐리, 〈해리 포터와 아즈카반의 죄수〉

〈해리 포터와 아즈카반의 죄수〉에서는 폭풍우 속에서 퀴디치 경기를 하는 도중 디멘터들이 경기장에 난입한다. 눈앞에서 디멘터를 마주한 해리는 정신을 잃고 빗자루를 놓치는 바람에 하늘에서 떨어진다. 다행히 교장인 덤블도어가 '아레스토 모멘텀' 주문으로 그를 구해내지만, 해리가 타고 있던 님부스 2000은 후려치는 버드나무에 부딪쳐 산산조각이 난다. 영화 결말부에서 해리의 대부로 밝혀지는 시리우스 블랙은 님부스사의 모델보다 훨씬 빠른 파이어볼트 빗자루를 해리에게 보낸다. 해리는 선물을 받자마자 바로 시험 비행에 나선다.

　〈해리 포터와 아즈카반의 죄수〉의 알폰소 쿠아론 감독은 촬영에 앞서 이전보다 유기적인 디자인과 이국적인 목재를 활용한 새로운 빗자루를 제작해 달라고 주문했다. 파이어볼트에도 이러한 특징이 반영되었다. 빗머리에서 비틀어져 나온 듯한 진한 갈색 손잡이는 울퉁불퉁한 나무로 만들었다. 자루에도 계속 같은 목재가 이어지지만 맨 끝부분은 매끄럽게 다듬어 광을 냈다. 자루 윗면에 10개의 금색 기호를 일렬로 새겨 넣었는데, 비주얼 개발 아티스트인 더멋 파워의 제안대로 나무 표면을 태우는 기법을 사용했다. 빗머리는 님부스 모델들과 달리 살짝만 다듬어서 2개의 은색 밴드로 고정했다.

## 파이어볼트의 장식

비주얼 개발 아티스트인 더멋 파워는 고심 끝에 자루가 심하게 타들어 간 파이어볼트의 독특한 외관을 완성했다. 파이어볼트의 자루는 윗면이 평평하고 아랫면은 자연물 그대로 울퉁불퉁하며, 평평한 나무 표면을 따라 황금색 룬문자가 줄지어 새겨져 있다. 빗자루에 새긴 룬문자들은 미술 팀에서 선별한 것이다.

# 론 위즐리의 빗자루

"위즐리! 위즐리! 위즐리!"
—그리핀도르 관중들, 〈해리 포터와 혼혈 왕자〉

〈해리 포터와 불의 잔〉에서는 트라이위저드 대회 때문에, 〈해리 포터와 불사조 기사단〉에서는 임시 교장인 덜로리스 엄브리지가 대회를 취소하는 바람에, 한동안은 퀴디치 경기를 촬영할 일이 없었다. 배우 루퍼트 그린트(론 위즐리 역)는 〈해리 포터와 혼혈 왕자〉 대본에서 퀴디치가 다시 중요한 역할을 차지한 걸 보고 가슴이 설렜다고 고백한다. "오랫동안 경기가 열리지 않았으니 관객들이 퀴디치 시합을 얼마나 기다렸겠어요. 특히 저는 론의 입장에서 정말로 기뻤어요. 드디어 저도 빗자루를 타고 첫 비행을 해보게 됐으니까요."

론의 빗자루는 그의 집안 형편을 암시하듯 수수한 형태다. 가벼운 나무로 만든 자루에 은으로 된 페달이 있고, 길쭉하고 빳빳한 빗머리는 끝부분이 살짝 삐쳐 올라가 있다. 〈해리 포터와 혼혈 왕자〉 이전에 론이 빗자루와 함께 찍은 장면은 첫 비행 수업 때 얼굴을 강타당한 게 전부였다.

그리핀도르 퀴디치 팀의 파수꾼으로 선발돼(헤르미온느에게 약간의 도움을 받아서) 첫 경기를 앞둔 론은 긴장해서 어쩔 줄 모른다. 다행히 해리가 좋은 방법을 생각해 낸다. 론의 음료수에 행운의 약인 펠릭스 펠리시스를 넣는 척하며 그에게 넘치는 자신감을 선사한 것이다. 루퍼트 그린트는 이렇게 회상한다. "몇 골을 막아내고 나자 론이 조금 심하게 기세등등해졌죠. 그 장면을 촬영할 땐 정말 재미있었어요. 여태까지는 론의 그런 면을 보여줄 기회가 좀처럼 없었으니까요."

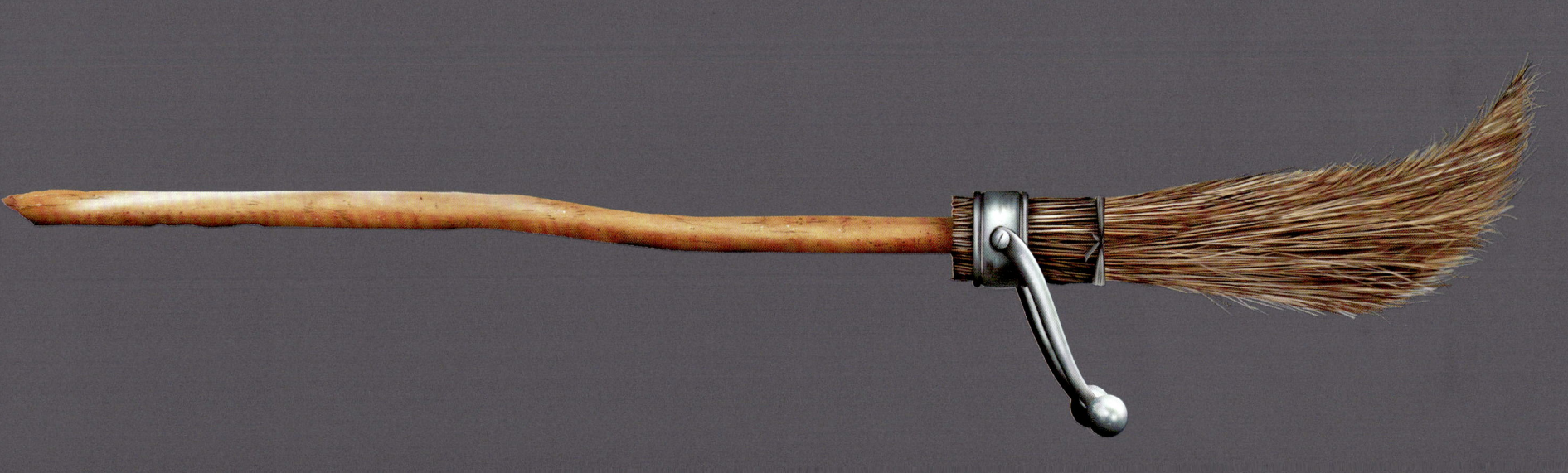

## 코맥 매클래건의 빗자루

"기분 상한 건 아니지, 위즐리? ……나도 그리핀도르의 파수꾼 자리에 지원했거든. 너한테 개인적인 감정은 없어."
—코맥 매클래건, 〈해리 포터와 혼혈 왕자〉

론과 파수꾼 자리를 놓고 다투게 된 경쟁자는 엄청나게 민첩한(그리고 약간 건방진) 코맥 매클래건으로, 배우 프레디 스트로머가 연기했다. 코맥은 자신이 파수꾼 자리뿐 아니라 헤르미온느 그레인저와 '친밀한 사이'가 될 기회를 노리고 있다고 론에게 털어놓는다.

파수꾼으로 지원한 두 후보자의 신체적 차이를 강조하기 위해, 코맥이 입단 테스트에서 사용한 빗자루는 다른 참가자들 것보다 조금 더 길고 두툼하게 만들었다. 론의 말처럼 '몰이꾼 체형'인 코맥에게 안성맞춤이라 할 수 있다. 빅토르 크룸의 빗자루와도 비슷한 스타일로, 둘 다 손잡이의 목재와 페달에 희미한 황동색을 입혔다. 빗머리의 잔가지는 다듬지 않은 상태로 놔두었다.

코맥이 만만치 않은 실력을 드러내자 론은 갈수록 초조해진다. 그걸 본 헤르미온느는 친구를 돕기 위해 은밀히 혼돈 마법을 걸고, 코맥은 여러 번 골을 놓치며 결국 테스트에서 탈락하고 만다.

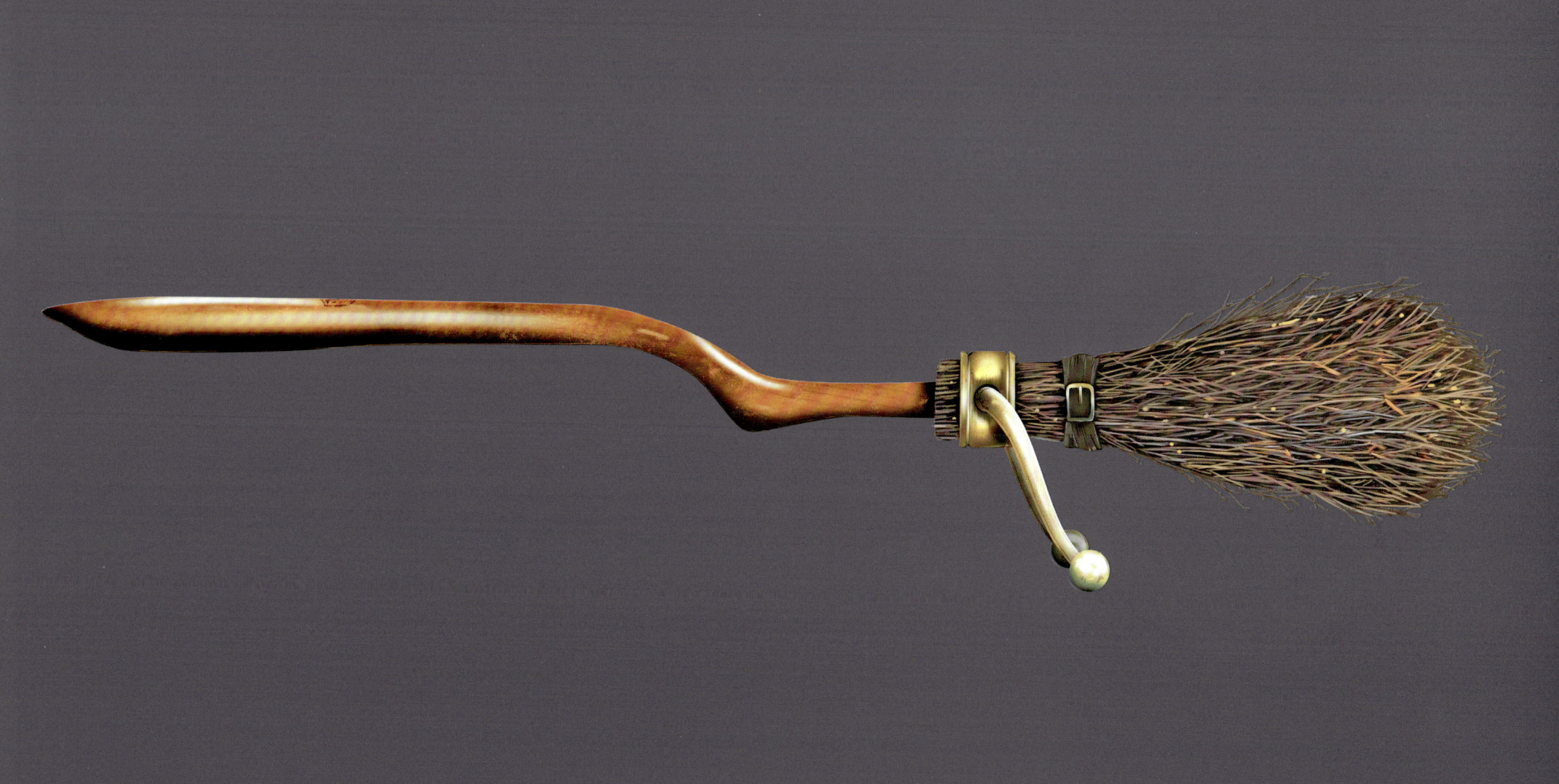

## 위즐리 쌍둥이의 빗자루

"우리의 임무는 네가 너무 심하게 피투성이가 되는 걸 막는 거야."
"물론 아무것도 보장해 줄 순 없어. 퀴디치는 격렬한 시합이니까."
— 프레드와 조지 위즐리, 〈해리 포터와 마법사의 돌〉

해리가 처음 수색꾼으로 발탁됐을 때 프레드와 조지 위즐리는 이미 그리핀도르 팀의 몰이꾼으로 활약하고 있었다. 짧은 나무 방망이를 들고, 정신없이 날아다니는 블러저를 쳐내는 역할이다. 〈해리 포터와 마법사의 돌〉에서 이들 쌍둥이 형제는 아주 소박하게 생긴 빗자루를 탄다. 둘 다 자루에 빗머리가 달린 게 전부인 간소한 빗자루다.

첫 영화에서 퀴디치 장면을 찍은 배우들은 촬영 비밀을 누설하면 안 된다고 주의를 받았다. 조지 역의 올리버 펠프스는 이렇게 고백한다. "사람들이 그 장면을 어떻게 찍었느냐고 물을 때마다 우리는 그냥 낙하산을 메고 찍는다고 둘러댔어요." 프레드 역의 제임스도 옆에서 거들었다. "아니면 스카이다이빙을 하면서 찍는다고요." 그 밖에도 비행기 뒤편에서 밧줄을 내려 공중에 매달린 채 찍는다고 허풍을 떨기도 했다.

〈해리 포터와 불사조 기사단〉에서 위즐리 쌍둥이는 호그와트를 떠나 사업을 하기로 결심하고, 빗자루 타고 연회장을 빙빙 돌며 한바탕 요란한 불꽃놀이로 모두에게 작별을 고한다. 이때 두 사람은 자신들의 캐릭터에 좀 더 부합하는 화려한 새 빗자루를 타고 있다. 원뿔 모양의 빗머리는 이들의 머리색처럼 누가 봐도 뚜렷한 오렌지색이다. 프레드는 자루 끝부분에 그리핀도르의 상징색인 진홍색과 금색 고리를 그려 넣고 그 위에 가죽 끈을 묶었다. 조지는 자루 끝에 '위즐리(WEASLEY)'라는 이름을 새기고, 알파벳 A 위에 별을 하나 그려놓았다.

# 지니 위즐리의 빗자루

"전부 입 다물어!"
—지니 위즐리, 〈해리 포터와 혼혈 왕자〉

〈해리 포터와 혼혈 왕자〉에서 6학년이 된 해리가 입단 테스트를 열 때, 옆에서 그를 능숙하게 보조하는 사람이 있다. 위즐리가의 일곱 남매 중 막내로 훌륭한 퀴디치 실력을 보유한 지니 위즐리다. "지니한테서 자신감이 배어 나오는 모습을 많이 보실 수 있을 거예요. 남에게 지기 싫어하는 승부욕과 과한 자부심도 깔려 있죠." 지니를 연기한 보니 라이트의 말이다.

그리핀도르 팀의 추격꾼인 지니의 빗자루는 론 것과 비슷하게 손잡이가 일직선 형태다. 빗머리는 벨트 하나로 묶여 있는데, 한쪽으로 삐쳐 올라간 론의 빗자루와 다르게 잔가지가 사방으로 뻗쳐 있으며, 끝으로 갈수록 더욱 붉은빛을 띤다. 지니는 훌륭한 추격꾼답게 퀴플을 잡고, 지키고, 던지는 기술이 뛰어나서 빗자루를 한 손으로만 잡은 채 비행할 때가 많다.

보니 라이트는 몇 년간 다른 연기자들에게 빗자루 촬영에 관해 전해 듣기만 했다. "'아, 그렇게 무서운 건 또 없을 거야' 하는 친구들도 있고, 진짜 재미있다는 애들도 있었어요." 그래서 보니도 처음에는 겁이 났다. "전 고소공포증은 없지만, 그 복잡한 유압 빗자루가 꽤 높이까지 올라가거든요. 전부 컴퓨터로 꾸며내는 게 아니에요. 직접 연기해야 하는 부분도 상당히 많아요. 빗자루를 축으로 한 바퀴를 완전히 도는 동작도 있었어요. 360도를 도는데, 정말 '맙소사!' 싶었죠."

## 퀴디치 도구함

〈해리 포터와 마법사의 돌〉에서 해리가 그리핀도르 팀의 수색꾼이 된 후, 주장인 올리버 우드는 그를 따로 만나 경기 규칙을 설명해 준다. 두 사람이 경기장으로 들고 온 낡은 상자에는 퀴디치 경기에서 사용하는 공들이 담겨 있다. 한가운데 놓인 커다란 쿼플과 사슬에 묶인 2개의 블러저, 그리고 골든 스니치다.

도구함의 초기 디자인에는 정교한 고정쇠와 잠금장치, 금속으로 된 모서리 보호대 등이 달려 있었다. 하지만 실제 스크린으로 옮겨진 버전은 달랐다. 학교에서 사용하는 공용품은 대체로 투박하고 사용한 흔적이 많다는 소품 제작자 피에르 보해나의 의견을 따른 것이다. 도구함 뚜껑 안쪽에는 작은 방패 모양 여닫이문에 호그와트의 네 기숙사를 상징하는 동물들이 그려져 있고, 그래픽 팀에서 디자인한 알록달록한 문장 8개가 그 주위를 둘러싸고 있다. 중앙 방패문 뒤에는 골든 스니치가 들어 있어서, 문이 열리는 순간 바로 튀어나오게 설계돼 있다.

퀴디치 도구함의 최종 디자인에는 소품 팀과 그래픽 팀뿐만 아니라 특수효과 팀도 힘을 보탰다. 블러저 2개가 밖으로 튀어나가려고 안달하면서 도구함이 덜커덩거리는 장면은 바로 특수효과 팀의 솜씨다.

# 쿼플

"공은 세 종류가 있어. 이건 쿼플이라고 해."
—올리버 우드, 〈해리 포터와 마법사의 돌〉

쿼플은 퀴디치에서 가장 큰 공으로, 머글들의 농구공이나 축구공과 비슷하게 생겼다. 둘 중 한 팀이 골든 스니치를 잡으면 경기가 종료되지만, 쿼플로 득점을 많이 올리면 골든 스니치를 놓쳐도 경기에서 이길 수 있다.

쿼플을 제작할 때는 먼저 왁스 버전의 공을 만들었다. "이걸 원형으로 해서 몰드를 만드는 거죠." 피에르 보해나의 설명이다. 그리고 몰드로 찍어낸 딱딱한 스티로폼에 붉은색 시트 왁스를 씌워 가죽 같은 질감을 냈다. 마지막으로 공 표면에 색이 바랜 호그와트의 문장을 박아 넣은 다음, 오래 써서 해진 것 같은 바늘땀을 더했다. "퀴디치 용품은 대체로 이런 느낌이에요. 오래됐죠. 학교 기자재니까요. 웬만하면 다 낡고 해졌어요." 〈해리 포터와 마법사의 돌〉에서는 이렇게 총 4개의 쿼플이 제작되었다.

퀴디치에서 사용하는 공들은 공중을 날아가며 저마다 다른 소리를 내는 것으로 고안되었다. 쿼플은 선수들의 품안에 안착할 때 아주 둔탁한 '퍽' 소리를 낸다.

# 블러저

"조심해, 이쪽으로 돌아온다."
—올리버 우드, 〈해리 포터와 마법사의 돌〉

블러저는 퀴디치에서 사용하는 가장 무거운 공으로, 양 팀이 아주 건전한 경기를 치를 때조차 위험한 상황을 만들어 낸다. 〈해리 포터와 비밀의 방〉에서는 슬리데린과의 경기에서 마법에 걸린 '불량' 블러저 하나가 해리를 노리며 돌진한다. 이 블러저는 주장인 올리버 우드의 빗자루를 부러뜨리고도 해리를 때려눕히려고 경기장 안을 사납게 종횡무진하다가, 마침내 해리가 스니치를 잡으려고 오른팔을 뻗었을 때 그의 팔을 거칠게 강타한다. 심지어 해리가 왼손으로 스니치를 잡고 땅에 착지한 뒤에도 계속해서 해리를 공격하다가 헤르미온느의 '피니테 인칸타템' 주문을 맞고 폭파된다.

마법사 세계에서는 블러저를 철로 만든다. 소품 제작자들도 처음에는 이 점을 고려해 강철과 나무를 섞어 블러저를 제작하려 했다. 하지만 이 버전은 소품으로 쓰기에 너무 무거워서, 최종적으로는 합성수지와 고무로 만든 버전이 채택되었다. 그리고 금속의 느낌을 주기 위해 공 표면에 쇳가루를 바른 다음 산화 처리를 해서 낡고 녹이 슨 모습을 완성했다.

올리버 우드는 블러저를 '고약한 녀석들'이라고 표현하는데, 음향 디자이너인 마틴 캔트웰은 여기서 영감을 얻어 블러저가 방망이에 맞고 날아갈 때 성난 짐승 같은 소리를 내게 하자고 제안했다. 캔트웰은 자신의 목소리를 녹음한 다음 그것을 태즈메이니아데빌(육식성 유대류 중에서 가장 큰 몸집을 가지고 있는 주머니고양잇과의 포유류—옮긴이)의 소리로 변조시켜, 화가 잔뜩 나서 이를 딱딱거리는 블러저의 음향을 만들어 냈다.

## 골든 스니치

"네가 이걸 잡으면 우리가 이기는 거야, 포터."
—올리버 우드, 〈해리 포터와 마법사의 돌〉

올리버 우드는 해리 앞에서 퀴디치 도구함을 열어 쿼플과 블러저, 그리고 마지막으로 가장 중요한 공인 골든 스니치를 보여준다. 해리는 금색 공인 스니치를 손에 쥐어보고는 마음에 든다고 말한다. 그러자 우드는 이렇게 경고한다. "아, 지금이야 그렇겠지. 조금만 기다려 봐. 얄미울 만큼 재빨라서 눈에 잘 띄지도 않는다니까."

호두만 한 크기의 스니치가 퀴디치 경기장 안을 쏜살같이 날아다니는 장면은 디지털로 제작했다. 하지만 은빛 날개를 펄럭이며 날아가는 모습이 공기역학적으로 보이도록 디자인하는 게 중요했다. 프로덕션 디자이너인 스튜어트 크레이그와 비주얼 개발 아티스트인 거트 스티븐슨은 물고기 지느러미, 단풍나무 씨앗, 잠자리 날개 등을 참조해서 스니치 디자인의 초안을 만들었다가, 최종적으로는 널빤지 조각배의 돛 모양으로 낙점했다. 여기에 주문이 하나 추가되었는데 "날지 않을 때는 [날개를] 완전히 숨길 수 있어야 한다"는 것이었다. 피에르 보해나가 이끄는 소품 제작 팀은 이를 반영해 아르누보 스타일의 스니치 디자인을 만들어 냈다. "공 표면을 가로지르는 얇고 깊은 틈 안에 날개를 집어넣는 거예요. 표면 장식처럼 보이지만, 그 안에 날개가 숨겨져 있는 거죠." 스튜어트 크레이그의 설명이다.

실물 스니치 소품은 구리를 이용해 전기 도금하는 방식으로 제작했다. 여기에 음향 디자이너들이 벌새의 붕붕거리는 날개 소리를 입혔고, 디지털 아티스트들은 이 금색 공이 해리를 스쳐갈 때마다 그의 안경에 스니치의 모습이 반사되게 했다.

## 몰이꾼 방망이와 팔 보호대

"이걸 드는 게 좋을 거야."
—올리버 우드, 〈해리 포터와 마법사의 돌〉

퀴디치 몰이꾼의 방망이는 철로 만들어진 공을 멀리 쳐낼 만큼 튼튼해야 하지만, 경기 장면을 촬영할 때 배우들이 사용할 배트는 가볍고, 쉽게 다룰 수 있어야 했다. "원래는 [배트를] 나무로 만들어서 훨씬 더 무거웠어요." 피에르 보해나의 말이다. 최종적으로는 유리섬유와 고무로 제작한 뒤에 강철 보강물을 달고, 손잡이 부분은 테이핑으로 감쌌다.

블러저는 선수를 가리지 않고 공격하기 때문에, 퀴디치 유니폼에는 보호 장비가 필수적이다. 그래서 크리켓 경기의 안전 장비를 본뜬 팔 보호대를 각 팀 유니폼에 맞춰 특별히 제작하게 됐다. 선수들의 팔을 완전히 감싸는 이 기다란 보호대는 가죽장갑을 낀 손까지 덮어준다. 그 밖에 1930년대 미식축구용 가죽 보호대를 연상시키는 팔 보호대와 다리 보호대도 추가로 제작되었다.

## 호그와트 교내 퀴디치 우승컵

〈해리 포터와 불의 잔〉에서는 유럽 3개국의 마법 학교가 참가해 국제 마법 사회의 협력을 도모하는 트라이위저드 대회가 열린다. 대연회장에서 호명된 각 학교의 대표 선수들은 《예언자일보》의 사진 촬영과 인터뷰를 위해 트로피 전시실에 모인다.

트로피 전시실에는 수백 개의 크고 작은 명패와 메달, 상장, 트로피가 방 안 가득 쌓여 있는데, 그중에서 가장 눈에 띄는 건 매년 열리는 교내 퀴디치 대회 우승컵이다. 최고의 수색꾼과 몰이꾼, 추격꾼에게 수여한 트로피들도 전시돼 있다. 소품 팀은 골동품 시장과 경매를 통해 진짜 우승컵이나 마법 세계의 트로피로 변형할 수 있는 물건들을 수집했고, 일부는 직접 제작하기도 했다.

이렇게 모은 우승컵에는 원작 소설에서 가져온 이름들에 더해, 제작진이나 그 가족들의 이름을 새겨 넣었다. 개인상 수상자 중에는 그리핀도르 팀의 수색꾼이었던 론의 형 찰리 위즐리가 포함되었고, 올리버 우드는 노력상을 받은 것으로 설정했다.

# 퀴디치 유니폼과 관중들의 응원복

## 호그와트 퀴디치 유니폼—1, 2학년 때

퀴디치는 거칠고 빠른 스포츠다. 따라서 〈해리 포터와 마법사의 돌〉에서 선수들이 입는 유니폼은 보호 장비를 갖추고 있을 뿐 아니라, 신축성 있는 소재로 만들어 움직임이 편해야 했다. 게다가 시대적인 문제도 있었는데, 퀴디치는 거의 1,000년 전부터 즐겨온 운동이라 유니폼이 어느 정도로 현대적이어야 할지가 고민이었다. "아이들이 입었을 때 멋있어 보이되, 너무 현대적이지는 않아야 했어요." 의상 디자이너인 주디애나 매커브스키의 말이다. 호그와트의 교복은 19세기 영국 기숙학교 스타일을 원형으로 했기 때문에, 퀴디치 유니폼도 그러한 스타일을 반영하는 한편 여러 스포츠의 유니폼을 결합시켜 "시대를 초월하면서도 익숙한" 의상을 목표로 했다.

이에 따라 선수들은 19세기 펜싱과 테니스복 스타일의 긴팔 크루넥 스웨터를 각자의 기숙사 색상에 맞춰 입게 되었다. 흰색 하의도 펜싱복을 기반으로 한 것이다. 그 위에 앞쪽을 끈으로 묶는 반팔 로브를 걸치는데, 이 역시 기숙사 상징 색에 맞췄다.

퀴디치 보호 장비는 폴로와 크리켓에서 사용하는 보호구를 합친 것이다. 두꺼운 쿠션이 들어간 팔목 보호대는 손가락이 없는 가죽 장갑 위까지 길게 내려온다. 일체형으로 된 무릎과 정강이 보호대는 가죽 안에 천으로 안감을 대고 무릎 부분에 충전재를 넣어 만들었으며, 줄무늬가 그려진 두꺼운 모직 양말 위에 버클을 채워 고정한다. 신발은 크리켓 경기에서 신는 스파이크화와 비슷하게 생겼다.

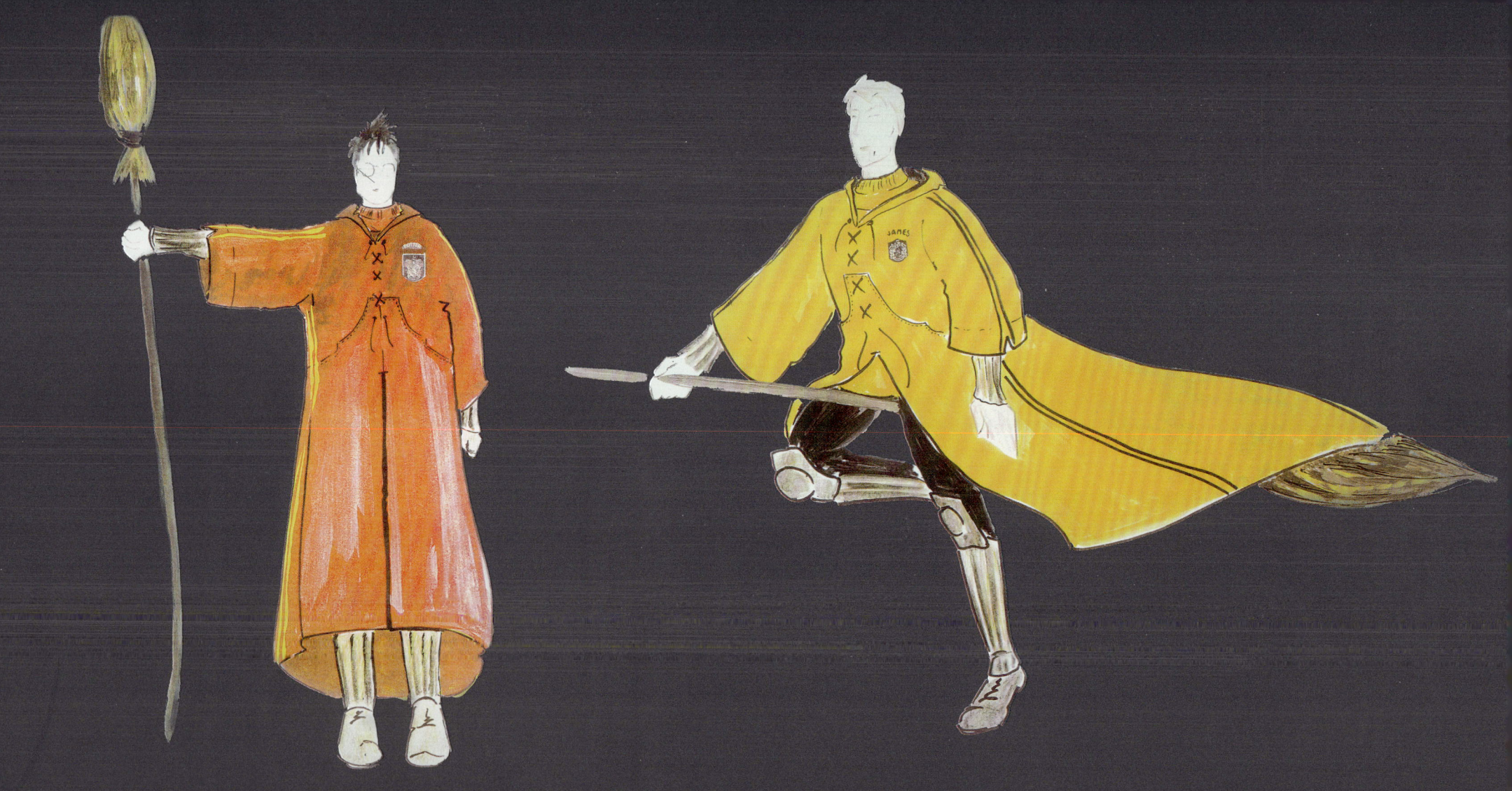

## 호그와트 퀴디치 유니폼—3학년 때

〈해리 포터와 아즈카반의 죄수〉에서 그리핀도르 퀴디치 팀은 폭풍우가 몰아치는 가운데 후플푸프와 대결을 벌인다. 새로 합류한 의상 디자이너 자니 트밈에게는 방수 기능이 있는 나일론으로 새 유니폼을 만들 기회였다. 자연스럽게 훨씬 더 현대적인 의상이 탄생했다. 차가운 비바람을 막아줄 고글도 만들었다. 트밈은 로브에 줄무늬와 별을 그려 넣고, 등과 소매에는 선수의 이름까지 새겨 넣었다. 10대 팬들이 유니폼에 더욱 친근감을 느끼게 하려는 의도였다. "그런 식으로 [유니폼을] 좀 더 현대화해서 축구나 럭비를 좋아하는 아이들이 퀴디치를 보고 나도 저걸 해보고 싶다는 마음이 들게 하려는 생각이었죠." 그리고 퀴디치를 관람하면서 "좋아하는 선수를 눈으로 쫓을 수 있다"는 장점도 있었다. 로브에는 선수들의 고유 번호도 들어갔는데, 처음에 이 번호는 무작위로 배정되었다. 해리 포터에게는 7번이 주어졌고, 그 뒤로 영화에서 수색꾼은 모두 7번을 달게 되었다.

 퀴디치 촬영 기술이 점차 발전하면서 한층 복잡하고 빠른 플레이도 가능해졌다. 그린스그린 세트장에서 빗자루에 올라탄 연기자들을 위해 더욱 편안하고 안전한 환경을 마련해 줄 필요성도 생겨났다. 빗자루에는 개인별로 맞춤 제작한 자전거 안장을 장착했고, 퀴디치 하의 안쪽에 삼각형 옷감을 덧대 솔기를 보강했다. 또한 바지 뒷부분에 충전재를 넣어 쿠션감을 더했다.

## 호그와트 퀴디치 유니폼—6학년 때

〈해리 포터와 혼혈 왕자〉에서는 입단 테스트용 퀴디치 유니폼이 필요했다. 의상 디자이너 자니 트밈은 이 소식을 듣고 환호성을 질렀다. 그리고 운동복은 무조건 입기 편해야 한다는 생각에, 뒤가 망토처럼 퍼지는 민소매 튜닉 안에 후드가 달린 진회색 웜업 슈트를 입는 아이디어를 고안해 냈다. 튜닉에는 7개의 포지션에 따른 숫자가 쓰여 있고, 이론상 참가자들은 "각자 자신이 원하는 포지션의 번호를 입으면" 된다. 하지만 〈혼혈 왕자〉의 입단 테스트 때 파수꾼 번호인 1번 튜닉이 모자랐는지, 론 위즐리와 코맥 매클래건은 각각 몰이꾼 번호인 2번과 3번을 입고 등장한다. 해리는 수색꾼의 7번을 입고 있다. 지니 위즐리는 입단 테스트 때 6번을 입었지만, 팀에 합류한 후에는 추격꾼 번호 중 하나인 5번을 입는다.

해가 거듭될수록 경기가 점점 과열되면서, 파수꾼들은 가슴과 어깨에 가죽 보호대를 두르고 쿠션이 들어간 헬멧을 착용하게 되었다. 제작진은 코맥 매클래건이 경쟁자인 론 위즐리보다 훨씬 커 보이기를 원했지만, 배우 루퍼트 그린트(론 역)와 프레디 스트로머(코맥 역)는 체격이 거의 비슷했다. 어쩔 수 없이 프레디 스트로머의 보호대에 쿠션을 몇 겹 더 집어넣고 어깨 보호대는 본인의 몸집보다 큰 사이즈를 입혔다. 반대로 루퍼트 그린트는 실제보다 두 사이즈 작은 보호대와 헬멧을 착용했다. 그의 보호대에 쓰인 가죽과 끈은 사포로 문질러서 물려 입은 옷처럼 낡은 느낌을 더했다.

## 퀴디치 보호 장비—6학년 때

론은 파수꾼이 되기 위해 힘겨운 입단 테스트를 치르고, 가슴과 발, 심지어 머리로 날아오는 쿼플을 막아낸다. 입단 테스트에서는 워낙 거칠고 무자비한 플레이가 이어지기 때문에, 선수들이 부상 없이 경기를 치르게 하기 위해 보호 장비를 한층 강화했다.

〈해리 포터와 혼혈 왕자〉의 퀴디치 장면을 위해 새로 제작한 보호구는 미식축구 용품과 에드워드 7세 시대의 팔과 다리 보호대에서 영감을 받았다. 대부분은 두꺼운 성형 가공 가죽으로 제작해서 천으로 안감을 대고 그 사이에 충전재를 넣었다. 의상 제작자 스티브 킬은 이렇게 말한다. "쿠션이 아주 튼튼해야 했어요. 하지만 선수들이 몸을 앞으로 숙이고 빗자루를 타기 때문에 신축성도 좋아야 했죠." 그러한 자세를 위해 어깨와 팔 보호대는 여러 부분으로 분절시켜 이어 붙였다. 대부분 5학년에서 7학년 학생들의 체격에 맞췄지만, 단 하나 예외가 있었다. 3학년생인 나이젤 월퍼트를 위해 작은 버전의 퀴디치 보호구도 하나 추가되었다.

그런데 이 장면을 촬영하기 직전에 제작진에서 갑자기 테스트 참가자들의 보호구를 경기장에 수북이 쌓아두기로 결정하면서, 의상 제작 일정을 단축시킬 방법을 찾아야 했다. "그래서 발포고무로 복제하게 됐죠. 가죽과 천으로 만든 보호구로 몰드를 떴는데 그것이 아주 잘 만들어져서 작은 바늘땀 하나까지 그대로 옮겨졌어요." 가죽이 아닌 보호구는 배경에서 날아다니는 선수들이나 가볍고 신축성 좋은 고무를 선호하는 스턴트맨들이 착용했다.

## 호그와트 응원복

퀴디치 팬들의 지상 과제는 응원으로 팀의 사기를 올리는 것이다. 이에 따라 소품 팀에서는 학생들이 자신의 기숙사를 응원할 수 있는 다양한 용품을 제작했다. 그래픽 팀은 팬들이 흔드는 배너와 삼각기, 그리고 각 팀 응원단이 쓰는 북을 만들었다.

자니 트밈은 〈해리 포터와 혼혈 왕자〉에서 입단 테스트 지원자들이 입을 퀴디치 유니폼을 만드는 동시에 관중석 학생들의 '응원복'을 디자인하는 임무를 맡았다. 그렇게 해서 호그와트 문장이 찍힌 후드티와 셔츠, 니트 모자, 운동복 바지가 기숙사 색상별로 제작되었다. 운동복 바지의 경우, 그리핀도르 학생들은 회색을, 슬리데린 학생들은 검은색을 입은 것이 눈에 띈다.

처음 제작에 합류한 〈해리 포터와 아즈카반의 죄수〉 때부터 트밈은 학생들에게 좀 더 현대적이고 시대에 맞는 옷을 입히려고 노력했다. 주인공들이 10대에 접어들면서 옷으로 개성을 표현하는 일이 더욱 중요해진 것이다. 게다가 트밈의 말대로 "해리와 헤르미온느는 머글 세상의 패션을 잘 알고" 있기 때문에 그러한 지식을 의상 선택에 반영해야 했다. 론과 지니, 루나는 전통적인 마법사 복장에 더 치중해 있지만, 10대들은 최신 유행에 관심을 갖기 마련이다. "머글 세계와 가깝게 붙어 있으니 그 아이들도 거기서 무슨 일이 벌어지는지 알고 있을 거예요. 저는 아이들을 아주 멋지게 입히고 싶었어요. 그러면서도 마법적인 면은 당연히 유지해야 했죠." 트밈에게 주어진 유일한 제약은 머글 상표명이나 로고가 옷에 들어가면 안 된다는 것이었다.

## 루나 러브굿의 그리핀도르 사자 머리

"너 많이 힘들어 보인다, 론."
―루나 러브굿, 〈해리 포터와 혼혈 왕자〉

〈해리 포터와 혼혈 왕자〉에서 래번클로 기숙사의 루나 러브굿은 그리핀도르 팀 친구들을 응원하려고 커다란 사자 모양의 모자를 쓴다. 비주얼 개발 아티스트인 애덤 브록뱅크는 이 모자를 위해 이런저런 초안을 그려보았는데, 루나 역을 맡은 배우 이반나 린치가 좋은 의견을 내놓았다. 사자가 루나의 머리를 잡아먹는 것처럼 보이면 어떻겠느냐는 제안이었다. 사자 모자는 아주 생동감이 넘쳐서 눈을 깜빡이기도 하고, 루나가 친구들과 대화할 때는 해리, 론, 헤르미온느, 지니 등 말하는 사람에게로 시선을 옮긴다.

  배우 이반나 린치의 말을 들어보자. "루나를 연기하면서 가장 좋은 건, 제정신인 사람은 절대로 안 입을 만한 옷을 입고 있으면 자기 자신에게서 벗어나 자유로워진다는 거예요. 특히 사자 머리를 쓰면 이렇게 생각하게 돼요. '남들이 어떻게 생각하든 무슨 상관이야. 난 지금 머리에 사자를 쓰고 있다고.' 사실 그 모자는 아주 가볍고 편해서 제가 그걸 쓰고 있다는 것도 자주 잊어버렸어요. 사람들이 빤히 쳐다보는데도 말이에요. 정말 재미있는 경험이었어요."

## 퀴디치 장면 촬영—초창기

〈해리 포터〉 영화의 퀴디치 시합 장면은 다른 어떤 스포츠와 견주어도 모자라지 않는 스피드와 액션으로 가득하다. 이러한 장면을 얻기 위해 제작진은 사전에 각 경기의 움직임을 계획해서 스턴트맨들로 테스트를 했다. 그리고 '프리비즈(pre-viz, 사전 시각화)' 작업으로 그 경기의 애니메이션 버전을 만들어 완성된 장면에 합성할 요소(배경에 들어갈 스코틀랜드 산맥, 탑과 관중석, 퀴플, 블러저, 스니치의 움직임)를 제작했다.

배우들은 이 모든 사전 제작 작업이 끝난 뒤에야 블루스크린과 충격 흡수 매트로 뒤덮인 스튜디오 세트장에 들어가 한 번에 한 사람씩 촬영했다. 초창기에는 모든 배우가 와이어를 단 채 3미터 높이에 매달리거나, 각종 움직임이 사전에 프로그래밍되어 컴퓨터로 조종되는 리그(rig) 장치 위에 앉아 있어야 했다. 이 방식은 시간이 매우 많이 소요돼서 10명의 선수가 등장하는 2초 분량의 영상을 찍는 데 일주일이나 걸렸고, 시각효과 팀은 그 후에야 작업을 시작할 수 있었다.

〈해리 포터와 마법사의 돌〉에서는 해리의 빗자루가 저주에 걸려 그를 떨어뜨리기 위해 몸부림치고, 해리는 가까스로 손잡이를 붙잡고 빗자루에 매달린다. 이 때문에 배우 대니얼 래드클리프(해리 역)는 7미터 높이에 고정된 빗자루에 매달려 있어야 했다. "와이어로 저와 빗자루를 연결했고, 밑에는 커다란 에어백을 깔아놓았어요. 그러고는 그 위에서 저를 막 돌렸어요. 정말 대단했죠!"

다행히 시리즈가 계속되면서 빗자루 비행 장면을 촬영하는 기술도 발전되었다. 배우들에겐 희소식이 아닐 수 없었다. 〈해리 포터와 아즈카반의 죄수〉에서 해리는 악천후와 디멘터라는 이중고를 겪으며 퀴디치 경기를 한다. 이때는 이미 컴퓨터 기술이 발달해서 디지털로 배우들을 복제해 낼 수 있었고, 이렇게 컴퓨터로 생성된 버전의 배우들은 최고의 운동선수라도 불가능할 동작을 완벽하게 수행했다.

## 퀴디치 장면 촬영—6학년

〈해리 포터와 혼혈 왕자〉에서 해리는 그리핀도르 퀴디치 팀 주장이 된다. 이해에는 많은 선수들이 졸업을 하는 바람에(위즐리 쌍둥이처럼 학교를 떠난 경우도 있고), 새로운 멤버를 충원하기 위해 입단 테스트를 열어야 했다. 적극적인 성격의 지니 위즐리와 장래성은 보이지만 어딘지 못미더운 론 위즐리도 각각 추격꾼과 파수꾼 자리에 지원한다.

선수들이 성장하면서 몸싸움은 한층 거칠어졌고, 공중 묘기도 더욱 스펙터클해졌다. 이에 따라 블루스크린 세트장에도 새로운 시스템들이 설치되었다. 위아래로 움직이면서 동시에 가로세로 양방향 360도로 회전할 수 있는 대형 모션 베이스 리그가 대표적이다. 스튜디오 천장에는 와이어 그리드 시스템이 추가되어 가로, 세로, 대각선 등 더욱 다양한 각도로 움직일 수 있게 되었다. 마지막으로 커다란 그네가 설치되어 스턴트맨들이 그야말로 자유낙하를 하는 게 가능해졌다. 그네를 앞뒤로 움직이면, 빗자루에 탄 스턴트맨은 6미터 높이까지 공중으로 치솟아 최대 12미터를 날아갈 수 있었다.

이렇게 숨 막히는 묘기 외에도, 제작진은 퀴디치 경기가 머글 스포츠와 똑같이 다양한 카메라 앵글로 생중계되는 느낌을 주고 싶었다. 그래서 시각효과 팀은 마치 날아다니는 카메라맨이 직접 촬영하는 것 같은 움직임을 만들어 냈다. 경기 중에 눈이 내리면, 선수를 쫓아가는 카메라 렌즈에 눈발이 들이치는 효과까지 더했다.

# 프로 퀴디치 리그와 제422회 퀴디치 월드컵

〈해리 포터와 불의 잔〉에서 해리는 위즐리 가족의 초대로 그해 최대 규모의 마법 행사인 제422회 퀴디치 월드컵 결승전을 관람하게 된다. 그전에 후플푸프 학생인 세드릭 디고리와 그의 아버지를 만나 포트키를 통해 경기장으로 이동한다.

결승전 참가 팀들이 경기장에 입장하는 모습은 그야말로 장관이다. 먼저 아일랜드 팀이 화려한 폭죽을 터뜨리면, 불꽃들이 커다란 레프러콘으로 변해 춤을 춘다. 곧바로 아일랜드 국가대표 퀴디치 팀이 님부스 2000처럼 빗머리가 긴 진갈색 나무 빗자루를 타고 날아 들어온다. 잠시 후, 불가리아 대표팀이 레프러콘을 뚫고 들어와 그 환영을 없애버리면 수색꾼 빅토르 크룸이 역동적인 비행으로 무대를 독차지한다. 불가리아 팀의 빗자루는 빗머리가 검은색이고, 끝부분은 살짝 치켜 올라가 있다.

그래픽 팀은 아일랜드와 불가리아 대표팀의 로고를 만들어 포스터와 핀, 배지 등 퀴디치 팬이면 누구나 탐낼 만한 월드컵 기념품에 새겨놓았다. 결승전 공식 프로그램 북에는 양 팀의 프로필과 포메이션, 대회 스폰서 목록 등을 넣었다. 홀리헤드 하피스나 론이 좋아하는 처들리 캐넌스 같은 프로 퀴디치 팀들의 기념품도 함께 제작했다.

# 빅토르 크룸의 빗자루

"저건 세계 제일의 수색꾼 크룸이야!"
—프레드 위즐리, 〈해리 포터와 불의 잔〉

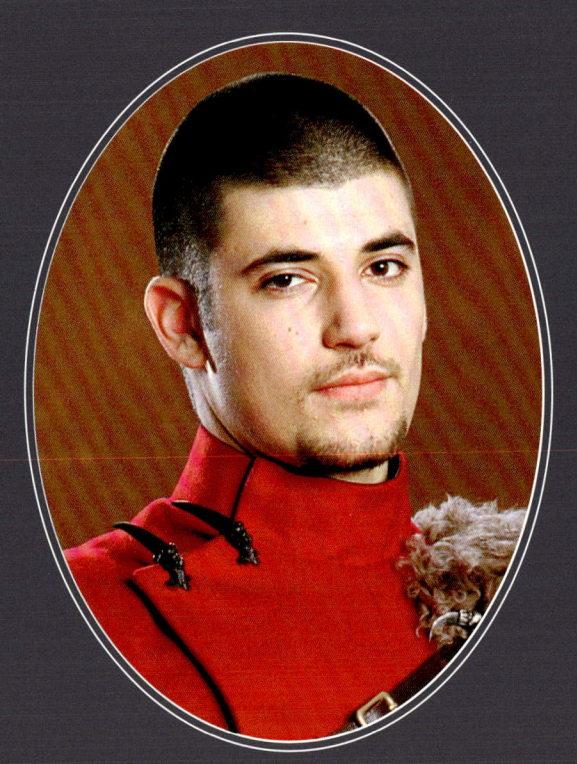

제422회 퀴디치 월드컵에 참가한 불가리아 팀의 수색꾼은 덤스트랭 학생인 빅토르 크룸이다. 〈해리 포터와 불의 잔〉에서는 트라이위저드 대회를 위해 두 곳의 마법학교가 호그와트를 방문하는데, 덤스트랭이 바로 그중 하나로 크룸은 이때 학교 대표로 뽑힌다. 빅토르 크룸을 연기한 배우 스타니슬라브 이아네브스키는 이렇게 말한다. "크룸은 세계적인 선수예요. 최고의 수색꾼이거든요. 누구도 따라 할 수 없는 비행 실력을 갖고 있죠. 영화에서도 볼 수 있듯이 다른 선수들조차 크룸을 숭배해요. 하지만 성격도 정말 좋은 친구예요."

콘셉트 아티스트인 애덤 브록뱅크가 말한다. "빅토르 크룸의 빗자루는 특별히 신경 써서 만들었어요. 퀴디치가 워낙 빠른 경기이다 보니 눈치 못 채실 수도 있지만요. 다른 빗자루들보다 유선형에 가까운데, 자루 윗면은 평평하고 그 밑에 뼈대가 붙어 있어요." 윗면과 아랫면은 색상도 다르다. 래커 칠을 한 윗면은 불가리아 대표팀의 유니폼과 같은 빨간색이다. 고무로 만든 아랫면은 연갈색이지만, 빛의 각도에 따라 크룸의 빨간 유니폼이 반사돼 보이기도 한다. 페달은 두툼한 청동으로 제작했다.

같은 팀 선수들과 함께 날아 들어온 크룸은 프리스타일 모터사이클 묘기처럼 빗자루를 뒤로 젖히며 물구나무를 서서 관중들의 시선을 사로잡는다. 이 동작은 디지털로 제작됐기 때문에 빗자루의 안장은 보이지 않는다.

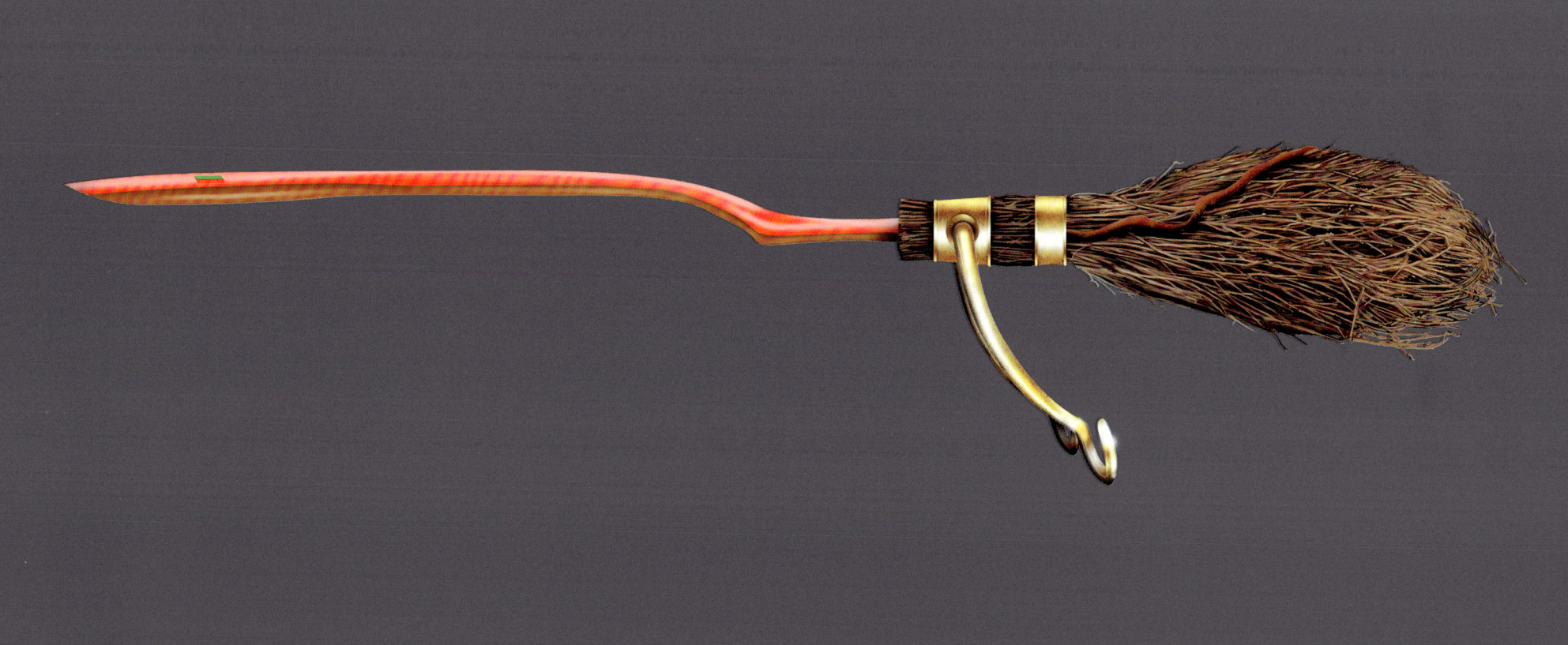

## 퀴디치 월드컵 유니폼

의상 디자이너 자니 트밈은 전편인 〈해리 포터와 아즈카반의 죄수〉에서 만든 호그와트 퀴디치 유니폼을 퀴디치 월드컵 결승전의 두 팀에도 적용했다. 아일랜드와 불가리아 대표팀의 로브는 가벼운 소재로 제작했고, 앞면에는 팀의 로고, 뒷면에는 선수 이름을 새겼다. 포지션 번호도 로브 뒷면과 왼쪽 소매에 붙여 넣었다. 선수들의 보호구는 아주 두꺼운 성형 가공 가죽으로 만들었다.

그 밖에 기념품 판매상과 팀 응원단의 복장도 제작했다. 월드컵 야영지를 돌아다니는 기념품 판매상들은 양 팀의 상징 색을 띤 옷을 입고 중세 시대의 어릿광대 모자에서 영감을 받은 화려한 모자를 쓰고 있다. 팬들도 톱해트나 중산모같이 독특한 모자로 멋을 냈다. (론을 제외한) 위즐리 가족과 헤르미온느는 아일랜드 응원 용품을 걸치고, 론과 해리는 불가리아를 응원한다.

- BULGARIAN TEAM -

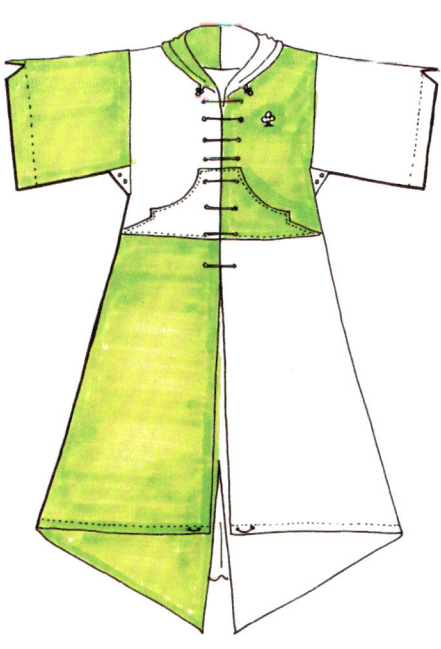

- IRISH TEAM -

## 프로 퀴디치 리그의 출판물과 미디어

프로 퀴디치 리그의 팬들은 영국에서 출간되는 국제 퀴디치 잡지 《주간 수색꾼(Seeker Weekly)》을 통해 응원하는 팀의 최신 소식을 접하는데, 이 잡지는 그래픽 아티스트 미라포라 미나와 에두아르도 리마가 직접 기획하고 집필한 것이다. 《주간 수색꾼》 최신호를 본 론은 자신이 응원하는 처들리 캐넌스가 하부 리그로 강등될 위기에 처했다는 기사를 보고 울적해한다. 잡지 앞표지에는 2개의 빗자루 신제품(에어 웨이브 골드와 터보 XXX)을 비교하는 기사 제목이 쓰여 있고, 뒷면에는 호박 주스 광고가 들어가 있다.

퀴디치 서적도 학생들 사이에서 인기가 많은데, 그중 하나는 미로 리머스(두 그래픽 아티스트의 이름을 섞은 것)의 《잉글랜드와 아일랜드의 퀴디치 팀들》이다. 또 다른 하나는 처들리 캐넌스를 독점적으로 다룬 《캐넌스와의 비행》으로, 팬들의 필독서라 할 수 있다. "캐넌스의 영광스러운 과거와 현재, 그리고 미래"를 찬양하는 기념 도서다. J.K. 롤링의 원작 소설에서는 이러한 출판물들이 구체적으로 언급되지 않지만, 그래픽 팀이 작가의 허락을 받아 표지와 내용을 직접 창작했다.

처들리 캐넌스 팬들을 위한 포스터와 휘장도 함께 제작되었다. 그중 한 포스터에는 "모두 손가락을 꼬고 승리를 기원하자!"라는 처들리 캐넌스의 모토가 큼지막하게 적혀 있다.

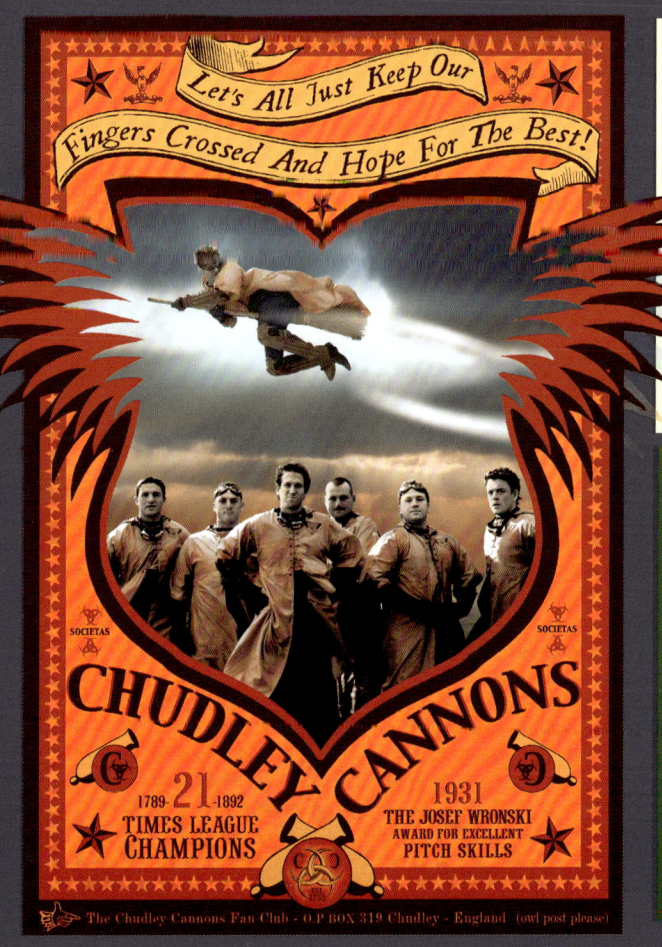
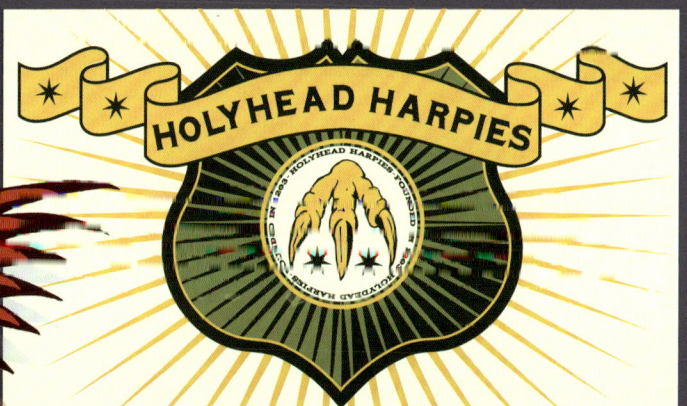

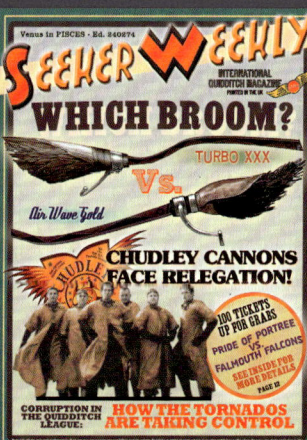

## 퀴디치 기념품

제422회 퀴디치 월드컵이 끝난 후, 그리핀도르 남학생 기숙사가 나오는 장면을 보면 셰이머스 피니건이 침대 옆 탁자에 아일랜드 대표팀의 기념품을 올려놓은 것이 보인다. 또 다른 룸메이트인 딘 토머스는 머글 태생답게 잉글랜드 축구 팀인 웨스트햄 유나이티드 FC의 기념품으로 자신의 공간을 꾸며놓았다. 론 위즐리는 당연히 처들리 캐넌스의 포스터와 다른 기념품들을 침대 옆에 놓았다.

위즐리 가족의 집인 버로에서도 론의 침실은 좋아하는 팀을 향한 열정으로 가득한 성전이나 다름없다. 여기에도 역시 처들리 캐넌스의 포스터가 벽에 붙어 있지만, 론이 가장 아끼는 보물은 아마도 캐넌스의 로고가 들어간 오렌지색 손뜨개 담요일 것이다. 이 담요는 〈해리 포터와 불의 잔〉에서 퀴디치 월드컵을 보러 떠나기 전 헤르미온느가 론과 해리를 깨우는 장면에서 볼 수 있다. 세트 디자이너인 스테퍼니 맥밀런은 론의 어머니인 몰리 위즐리가 뜨개질을 좋아하기 때문에 론의 침대에는 반드시 손뜨개 이불이 있어야 한다고 생각했다. 맥밀런은 셜리 랭커스터라는 뜨개질 전문가를 현장에 초빙해서 위즐리 형제가 매년 크리스마스에 받는 스웨터와 론의 기숙사 침대에 놓인 퀼트 담요 등을 만들게 했다. "셜리가 '처들리'라는 글씨를 꿰매 넣은 커다란 오렌지색 담요를 짜주었어요. 그 팀 퀴디치 선수가 빗자루를 타고 나는 모습도 넣었어요. 정말 굉장했죠."

이 담요는 〈해리 포터와 혼혈 왕자〉에서 해리와 헤르미온느가 개학 전에 위즐리 가족을 방문했을 때 다시 한번 등장한다. "애석하게도 버로가 불타버리는 바람에 이 담요가 영화에 다시 나올 일은 없겠지만 언제까지나 보물처럼 간직할 거예요."

## 빗자루 손질

빗자루는 쉽게 마모되기 때문에, 빗자루 손질 도구로 관리해 줄 필요가 있다. 위즐리 형제의 위대하고 위험한 장난감 가게에서는 "당신의 빗자루를 돋보이게 만들어 준다!"는 '브룸 브룸 키트'를 판매한다. 이 제품은 그래픽 팀의 미라포라 미나와 에두아르도 리마가 조수인 로런 웨이크필드의 도움을 받아 만든 것이다. 가게에 전시된 빗자루 하나는 자루 끝과 좌서 밑에 폭죽이 달려 있고, 빗머리 위에는 포일이 덮여 있다.

미나와 리마는 제품명에 가족이나 팀원들의 이름을 자주 집어넣는데, 다이애건 앨리의 고급 퀴디치 용품점에서나 취급할 것 같은 빗자루 왁스 패키지에는 로런 웨이크필드의 이름이 들어갔다.

## 스니치 스내처!

'스니치 스내처!'는 마법사 세계의 최고 인기 스포츠인 퀴디치를 이용한 보드게임이다. 비록 삭제된 장면이긴 하지만, 〈해리 포터와 아즈카반의 죄수〉에서 프레드와 조지 위즐리가 대연회장에서 이 게임을 했다. 그래픽디자이너 미라포라 미나와 에두아르도 리마는 판지(cardboard)를 이용해 퀴디치 경기장 모형과 '빗자루'에 앉혀서 손으로 조작하면 경기장 위를 '날아가는' 선수 말들을 제작했다. 이 게임의 부속품으로 판지에서 잘라내 직접 조립할 수 있는 관람탑 모형이 호그와트 기숙사의 상징색 별로 제공된다.

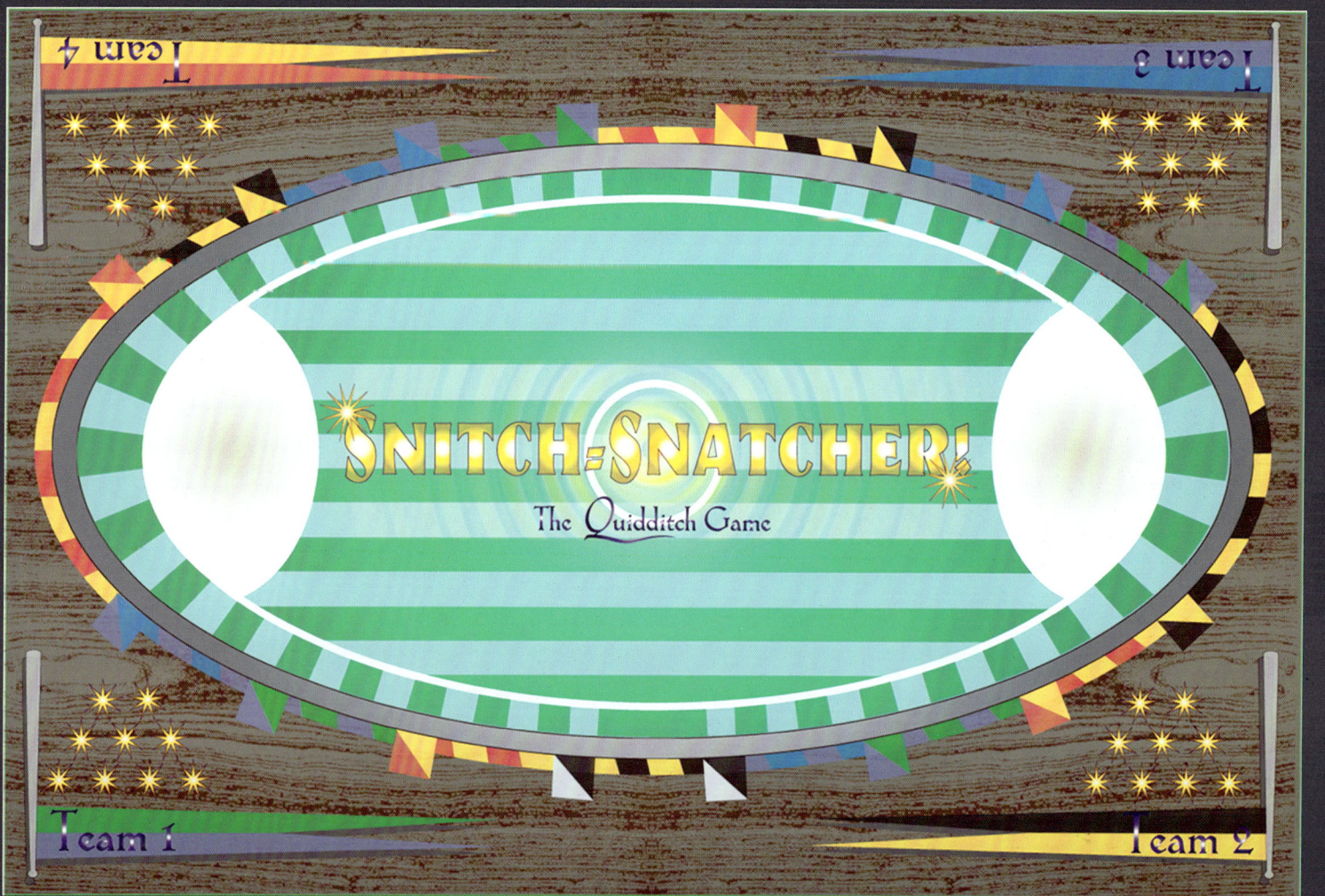

# 불사조 기사단

제1차 마법사 전쟁 기간에 덤블도어는 어둠의 왕인 볼드모트를 무찌르기 위해 뜻 있는 마법사들을 불러 모았다. 하지만 볼드모트는 해리에게 살해 저주인 아바다 케다브라를 발사한 후 자취를 감추고 만다. 〈해리 포터와 불의 잔〉에서 볼드모트가 육신을 얻어 다시 돌아오자, 이전 멤버들에 젊은 피가 가세하면서 새로운 불사조 기사단이 구성되었다.

〈해리 포터와 불사조 기사단〉에서는 해리를 호위해 기사단 본부인 그리몰드가 12번지로 데려가기 위해 5명의 기사단 멤버들('매드아이' 앨러스터 무디, 킹슬리 샤클볼트, 님파도라 통스, 에멀린 밴스, 엘파이어스 도지)이 프리빗가로 찾아온다. 이들이 다 함께 템스 강줄기를 따라 목적지까지 날아가기 때문에, 불사조 기사단 단원들을 위한 새로운 빗자루가 필요했다.

대니얼 래드클리프를 제외한 다른 배우들은 빗자루를 타고 날아본 경험이 전혀 없었다. 세컨드 유닛 디렉터인 스티븐 울펜던은 이렇게 말한다. "아주 힘들고 긴 촬영이었어요. 강풍기를 서너 대씩 틀어서 배우들은 서로의 목소리도 들을 수 없었죠. 그런 환경에서 동작을 익히고 최대한 자연스러워 보이도록 노력해야 했어요." 엘파이어스 도지를 연기한 피터 카트라이트는 당시 이미 71세의 노령이었다. 울펜던이 말을 이었다. "그분이 리그 위에 너무 오래 올라가 계시지 않도록 주의를 기울여야 했어요. 하지만 정말 멋진 분이라, '내 평생 이렇게 재미있는 촬영은 처음 해본다'며 기뻐하셨죠. 2~3일간 빗자루 촬영을 했는데 아주 잘 해내셨어요."

## '매드아이' 앨러스터 무디의 빗자루

"추적이 불가능한 이동 수단으로 움직여야 해. 빗자루나 세스트럴 같은."
—앨러스터 무디, 〈해리 포터와 죽음의 성물 1부〉

〈해리 포터와 불사조 기사단〉에서 해리는 진짜 앨러스터 무디를 처음 만난다. 그리몰드가까지 해리를 데려갈 호위대의 대장이 바로 무디였다. 이때 무디는 '총잡이 스타일' 코트를 입고 있는데, 콘셉트 아티스트인 애덤 브록뱅크는 여기서 영감을 얻어 안티 히어로가 탈 만한 빗자루를 디자인했다. 브록뱅크는 이렇게 회상한다. "무디가 '이지 라이더' 오토바이 같은 빗자루에 올라타 다리를 앞으로 뻗고 비행하면 어떻겠냐는 아이디어를 들고 스튜어트 크레이그를 찾아갔죠." 그렇게 해서 최종 버전으로 "정말 멋들어진 빗자루"가 탄생했다. "정말 예술적으로 만들어진 데다, 무디가 타고 있는 모습만 봐도 보통 빗자루와는 다르다는 걸 알 수 있어요."

무디의 빗자루는 유연한 곡선 형태인 마호가니 색상의 나무로 제작했고, 페달이 앞쪽에 달려서 오토바이를 연상시킨다. 무디의 코트에 가려서 화면엔 보이지 않지만, 빗자루 안장은 뒤쪽에 치우쳐 있어 몸을 뒤로 기댄 채 손으로 방향을 조종할 수 있다. 빗머리는 밀짚 색깔의 잔가지들을 단단히 묶어서 만들었으며, 좌석 등받이가 접이식이라 간편하게 들고 다닐 수 있다.

"벽장에 걸린 빗자루 중에 제 빗자루가 제일 멋지죠." 배우 브렌던 글리슨(무디 역)이 껄껄거리며 말했다. "제가 아는 한 최고의 빗자루예요." 그리고 자신은 높은 곳을 좋아하지 않지만 스피드는 즐긴다며, 비행 촬영이 "놀이기구를 타는 것처럼" 재미있었다고 한다.

# 킹슬리 샤클볼트의 빗자루

"킹슬리, 자네가 선두에 서."
—앨러스터 무디, 〈해리 포터와 불사조 기사단〉

킹슬리 샤클볼트는 불사조 기사단의 멤버이자 마법 정부에 소속된 오러다. 〈해리 포터와 불사조 기사단〉에서 해리를 기사단 본부인 그리몰드가 12번지까지 호위하는 5인조 중 1명이기도 하다.
    이중 첩자인 킹슬리 역을 맡은 조지 해리스는 비행 장면이 너무 좋아서 더 오래 찍고 싶었다고 고백한다. 의상 디자이너인 자니 트밈은 그에게 길고 묵직한 가운을 배정했다. "아시다시피 [비행 중에] 바람이 많이 불었잖아요. 그 의상 덕분에 그림이 확실히 살았죠." 해리스의 말이다.
    샤클볼트의 빗자루는 여타 빗자루들과는 다른 재료로 만들어, 빗머리가 길고 곧게 뻗어 있다. 빗머리를 동여맨 끈 장식도 열대 초원의 풀을 이용한 것으로 보인다. 자루는 얼룩덜룩하고 심하게 휘었으며, 중간에 작은 나뭇가지가 삐져나와 있어 필요할 경우 손잡이로 이용할 수 있다. 2개의 두꺼운 놋쇠 고리가 빗머리를 고정하고 있지만, 거기에 연결된 페달은 끝이 둥글고 정교하게 생겼다.

# 님파도라 통스의 빗자루

"님파도라라고 부르지 말라니까!"
—통스, 〈해리 포터와 불사조 기사단〉

　님파도라 통스는 마법 정부의 젊은 오러로, 앨러스터 무디의 지도 아래 제2기 불사조 기사단에 합류했다. 외모를 자유자재로 바꿀 수 있는 타고난 '메타모르프마구스'라서 기분에 따라 머리 색을 (보라색, 주황색, 흰색 등으로) 자주 바꾼다. 빗자루 제작자들은 통스의 머리 색에서 힌트를 얻어 그녀의 빗머리 안쪽에 다양한 색상의 잔가지를 섞어 넣었다. 페달은 은색이며, 빗머리 위쪽을 흙받이처럼 덮은 가죽 커버를 은색 띠가 고정하고 있다. 진갈색 나무로 만든 자루는 거친 껍질 위에 마디와 혹이 튀어나와 있다. 마지막으로 자루 끝부분에 가느다란 보라색과 분홍색 끈을 감아놓았다.
　통스 역을 연기한 나탈리아 테나는 이렇게 말한다. "저는 모든 사람이 빗자루를 타봐야 한다고 생각해요. 저는 여섯 살이 될 때까지 3명의 마녀가 저를 우리 집 앞에 두고 갔다고 믿었어요. 열여덟 살이 되던 생일에는 엄마에게 빗자루를 선물받았죠. 어쩌면 이게 제 운명이었는지도 모르겠어요." 테나는 빗자루 비행의 열혈 팬이 되어 높이 올라가는 것도, 유압 리그에 올라타 움직이는 것도 진심으로 즐겼다. "첫 촬영에선 제대로 할 때까지 서른여섯 테이크나 찍었어요. 제가 너무 히죽거렸거든요. 재미있어서 어쩔 줄 모르겠더라고요." 빗자루의 '꾀죄죄한' 모습도 마음에 쏙 들었다. "촬영이 끝나고 다들 지팡이를 기념으로 갖고 싶어 했지만 저는 빗자루를 달라고 했어요."

# 일곱 포터의 각개 전투

〈해리 포터와 죽음의 성물 1부〉에서 불사조 기사단은 볼드모트와 죽음을 먹는 자들로부터 해리를 지키기 위해, 그를 교외에 있는 이모와 이모부의 집에서 데리고 나와 버로에 은신시키기로 한다. 하지만 아직 17세가 되지 않은 해리에게는 '추적 마법'이 걸려 있기 때문에, 단원들은 아주 독창적인 방법을 고안해 낸다. 폴리주스 마법약으로 6명의 '해리'를 더 만들어 각기 다른 방향으로 날아가자는 계획이었다.

약혼한 사이인 빌 위즐리와 (해리로 변신한) 플뢰르 들라쿠르가 함께 세스트럴로 비행하고, 헤르미온느 그레인저/해리는 킹슬리 샤클볼트와 짝을 이룬다. 진짜 해리는 해그리드와 팀이 되어 해그리드의 오토바이에 달린 사이드카에 올라탄다. 대다수의 팀(통스와 론/해리, 리머스와 조지/해리, 아서와 프레드/해리)은 말할 것도 없이 빗자루로 이동한다. 눈썰미 좋은 관객들은 변신한 가짜 해리 중 1명이 해리의 파이어볼트를 탄 것을 알아챌 수도 있다. 매드아이 무디는 억지로 따라온 먼덩거스 플레처/해리와 함께 떠나지만, 먼덩거스는 위험이 닥쳐오자 순간이동으로 사라져 버린다.

기사단원들이 이륙함과 동시에 죽음을 먹는 자들이 공격을 퍼부으며 치열한 공중전이 펼쳐진다. "첫 영화 때만 해도 빗자루 리그를 조종할 방법이 유압 펌프와 램밖에 없었어요." 특수효과 감독인 존 리처드슨의 말이다. 하지만 일곱 편째를 찍을 무렵에는 다양한 전자 장치가 갖춰졌고, 시각효과 팀에서 고안한 사전 시각화와 완벽하게 상호작용하는 프로그램으로 복잡한 이동축과 리그를 작동시킬 수 있었다. "우리가 사용할 수 있는 기술이 완비돼 있었죠. 우린 그걸 최대한으로 활용했고요."

## 해그리드의 오토바이

〈해리 포터와 마법사의 돌〉에서 포터 부부가 살해당하자, 루비우스 해그리드는 갓난아기인 해리를 프리빗가의 이모 집으로 데려다주었다. 이때 타고 간 건 빗자루가 아닌 1959년 형 '트라이엄프 본네빌 T120' 오토바이였다. 그로부터 17년 후, 〈해리 포터와 죽음의 성물 1부〉에서 해그리드는 역시 같은 이동 수단으로 해리를 프리빗가에서 영원히 데리고 나가는데, 이번에는 청록색 '로얄 엔필드' 오토바이에 '왓소니안' 사이드카를 달고 있다.

"〈마법사의 돌〉에서 사용한 오토바이를 다시 쓰고 싶었는데 구하기가 힘들었어요. 그래서 비슷한 오토바이 중에 바로 가져다 쓸 수 있는 모델을 골랐죠." 존 리처드슨의 말이다. 이 장면을 촬영하는 데는 똑같은 오토바이가 일곱 대나 필요했다. 두 대는 스턴트 촬영을 위해 업그레이드된 엔진을 장착했고, 나머지는 모터 달린 바퀴를 달아 와이어와 크레인 촬영 때 공중에서 바퀴가 돌아가게 했다.

공격을 피해 터널 안으로 오토바이를 몰고 들어간 해그리드는 벽을 타고 올라 거꾸로 매달리는 바람에 해리를 사이드카에서 떨어뜨릴 뻔한다. 이 장면에 사용된 오토바이에는 해그리드의 의상을 입은 스턴트맨을 지탱할 수 있도록 스트랩을 달고 성형 가공 유리 섬유로 만든 안장을 장착했다. 터널 배경과 오른쪽 벽을 타고 올라가는 스턴트는 리버풀 퀸스웨이 터널에서 촬영했다.

마지막으로 해그리드의 오토바이는 버로를 둘러싼 습지에 추락하는데, 제작진은 이 장면을 위해 물을 가득 채운 세트장에 트랙을 깔아놓고 또 다른 개조 오토바이를 놀이공원의 '후룸라이드'처럼 낙하시켰다.

## 아서 위즐리의 빗자루

"우리가 마지막으로 도착한 건가? 조지는 어디 있어?"
—아서 위즐리, 〈해리 포터와 죽음의 성물 1부〉

아서와 몰리 위즐리 부부도 제2기 불사조 기사단 멤버다. 〈해리 포터와 죽음의 성물 1부〉에서 해리 포터를 위즐리 가족의 집인 버로까지 옮겨오는 위장 계획에는 아버지 아서만 참가한다. 그는 아들 프레드를 빗자루에 태우고 프리빗가를 출발한다.

아서 위즐리의 빗자루는 종종 소품 디자인을 부탁받곤 하는 그래픽 아티스트 미라포라 미나의 작품인데, 머글 물건을 향한 아서의 애정이 잘 드러나 있다. 그의 빗자루에는 단순한 발받침대가 아니라 실제 자전거 페달이 달렸고, 안장도 자전거에서 떼어 온 것이며, 안장 뒤쪽에 바구니까지 부착해 놓았다. 빗머리의 잔가지들은 선명한 오렌지색이다.

2명의 마법사가 탈 수 있도록 빗자루를 완전히 새롭게 디자인하자는 의견도 있었지만, 1인용 디자인을 유지하면서 두 사람이 자전거 하나를 같이 탈 때처럼 운전자 뒤에 또 한 사람이 탈 수 있도록 했다.

# 리머스 루핀의 빗자루

"해리 포터가 호그와트의 내 연구실에 처음 들어왔을 때 방 모퉁이에 놓여 있던 생물이 뭐지?"
—리머스 루핀, 〈해리 포터와 죽음의 성물 1부〉

리머스 루핀은 해리의 아버지인 제임스 포터의 친구였으며, 해리가 3학년이 된 〈해리 포터와 아즈카반의 죄수〉에서 어둠의 마법 방어법 교수로 호그와트에 부임한다. 원조 불사조 기사단 멤버였고, 2기 기사단에서도 싸움을 이어간다. 〈해리 포터와 죽음의 성물 1부〉에서는 죽음을 먹는 자들의 공격을 피해 해리 포터를 프리빗가에서 버로로 안전하게 데려가는 호위 작전에 참여한다.

루핀의 빗자루는 그의 곤궁한 형편을 여실히 드러내 준다. 늑대인간인 루핀은 안정적인 삶과 직업을 유지할 수 없어서 가난한 떠돌이로 살아왔다. 그의 빗자루는 연한 갈색 자루가 맨질맨질 닳아 있지만 끝부분은 툭 잘려나간 것처럼 날카롭다. 놋쇠 고정쇠로 묶여 있는 빗머리는 빗살이 너무 얇아서 나뭇가지라기보다 가느다란 털들이 엉겨 붙어 있는 것 같다.

루핀을 연기한 데이비드 슐리스는 〈해리 포터와 죽음의 성물 1부〉 대본을 읽고 빗자루를 탈 날만 손꼽아 기다렸다. 다른 배우들과 달리 막판에 가서야 '하늘을 날아볼' 기회가 생겼기에 더욱 그러했다. "늑대로 변하는 것처럼 빗자루 촬영도 난 이런 것도 해봤다고 자랑할 만한 거잖아요. 이 영화에는 집에 돌아가서 가족들에게 '내가 오늘 뭘 찍었는지 알아?'라고 우쭐댈 거리가 아주 많았어요. 어린 딸에게 '아빠는 오늘 빗자루를 탔어'라고 말할 수 있다니 얼마나 멋져요."

## 죽음을 먹는 자들의 빗자루

해리 포터와 그를 호위하는 불사조 기사단 멤버들이 프리빗가를 떠나자마자 볼드모트의 열렬한 추종자인 죽음을 먹는 자들이 호위대를 둘러싸고, 곧바로 일대일 전투가 벌어진다. 해리와 해그리드에게 죽음을 먹는 자 셋이 따라붙자, 해그리드는 오토바이의 속력을 높여 터널 안으로 도망친다. 해리가 그중 1명을 가까스로 쓰러뜨리고, 또 1명은 차량 행렬에 밀려 어디론가 사라진다. 하지만 터널을 미처 빠져나가기 전에 세 번째 죽음을 먹는 자가 해그리드를 기절시킨다. 운전대를 붙잡게 된 해리는 추격을 따돌리려 애쓰고, 해리의 부엉이인 헤드위그가 달려들어 죽음을 먹는 자를 멀리 쫓아버린다.

　죽음을 먹는 자들의 빗자루는 간소하고 효율적인 디자인을 자랑한다. 새까만 나무로 만든 자루는 완만하게 휘어 있다. 깔끔하게 다듬어진 빗머리도 역시 검정색이며, 페달과 고정쇠는 파이어볼트와 같이 산화된 은색이다. 자루 끝에 둥그스름하게 씌워진 덮개도 검은 장식이 들어간 은색이다. "죽음을 먹는 자들은 대부분 화려한 패션을 즐겨요. 가면도 세공 장식이 된 걸 쓰잖아요. 의상에도 장식이 많이 들어가 있고요." 미술 감독 해티 스토리의 말이다. 로브로 가려지지 않는 부분에 이러한 덮개 장식을 해놓은 것도 그들의 성격에 부합한다고 볼 수 있다.

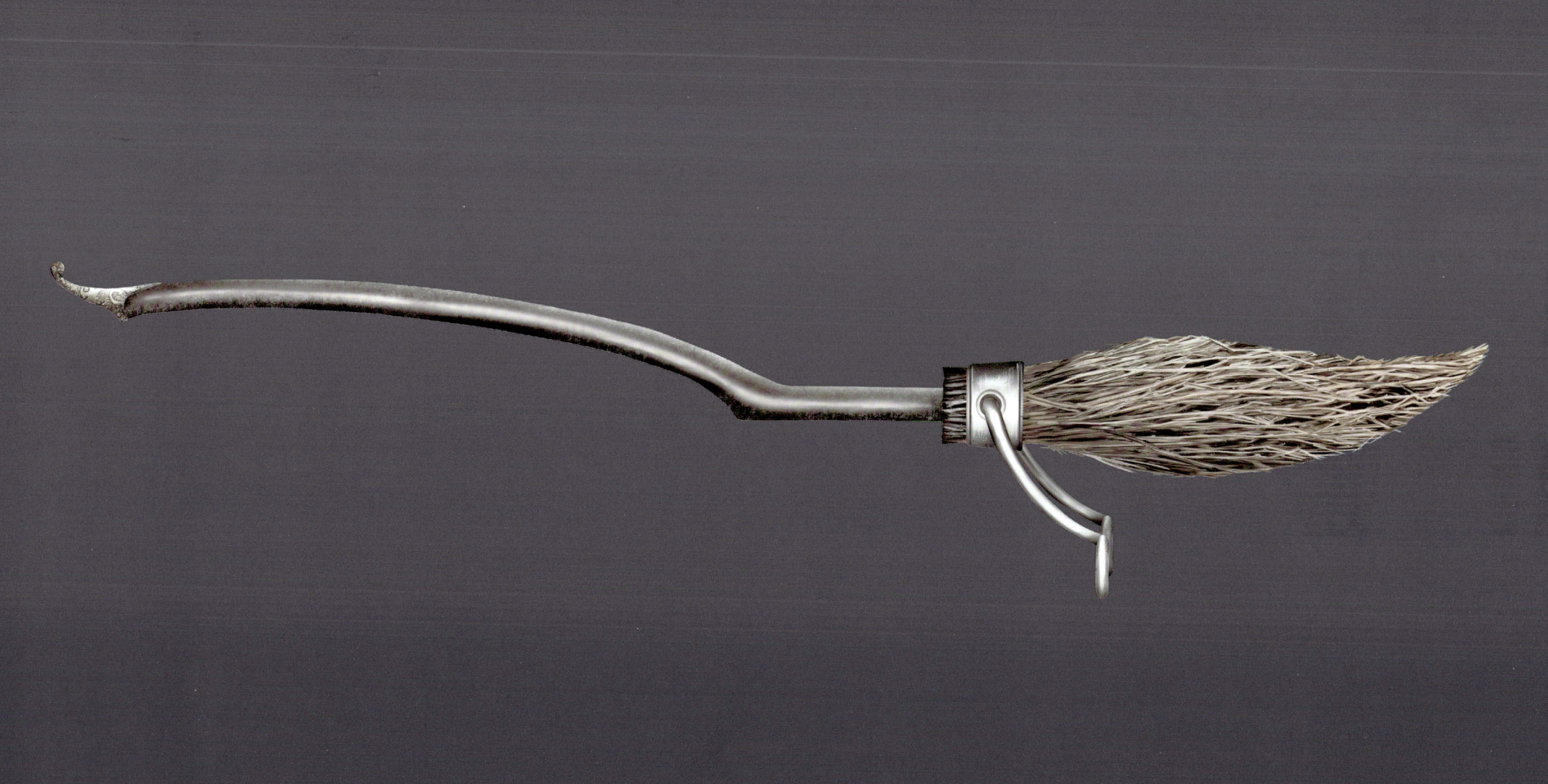

# 필요의 방 탈출하기

## 필요의 방에 보관된 빗자루들

〈해리 포터와 죽음의 성물〉 1, 2부에서 해리, 론, 헤르미온느는 볼드모트가 영생을 위해 만들어 낸 7개의 호크룩스를 파괴하기 위해 이를 은밀히 찾아다닌다. 그러다가 로위너 래번클로의 딸인 유령 헬레나에게 호크룩스 중 하나(래번클로의 보관)가 필요의 방에 숨겨져 있다는 말을 듣게 된다.

해리가 보관을 찾아낸 순간, 말포이가 패거리인 그레고리 고일과 블레이즈 자비니를 대동하고 나타나 앞을 막아선다. 그중 고일이 그 자신도 통제 못 하는 악마의 불 저주로 어설프게 불을 지르자 엄청난 화염이 방 안을 휩쓴다. 거센 불길에 나동그라진 론은 필요의 방에 보관돼 있던 빗자루 더미를 발견한다.

이 빗자루들은 각양각색이어서 아주 복잡하게 생긴 것도, 단순한 것도 있다. 론이 해리에게 건네준 빗자루에는 세공 장식이 된 삼각형 발걸이가 달려 있고, 광택이 나는 진갈색 자루는 뒤편이 물결처럼 휘어 있다. 론의 빗자루는 곧게 뻗은 자루 끝에 놋쇠 덮개가 붙어 있고, 고정쇠에 자전거 페달이 달려 있다. 헤르미온느의 빗자루는 몸통이 파이어볼트와 비슷한 형태다.

영화에서 헤르미온느 그레인저가 빗자루를 타는 모습은 이 필요의 방 장면에서만 볼 수 있다. 헤르미온느는 〈해리 포터와 아즈카반의 죄수〉에서 시리우스 블랙을 구하기 위해 히포그리프 벅빅에 올라탔을 때 "비행은 나랑 안 맞아!"라고 소리친 바 있다.

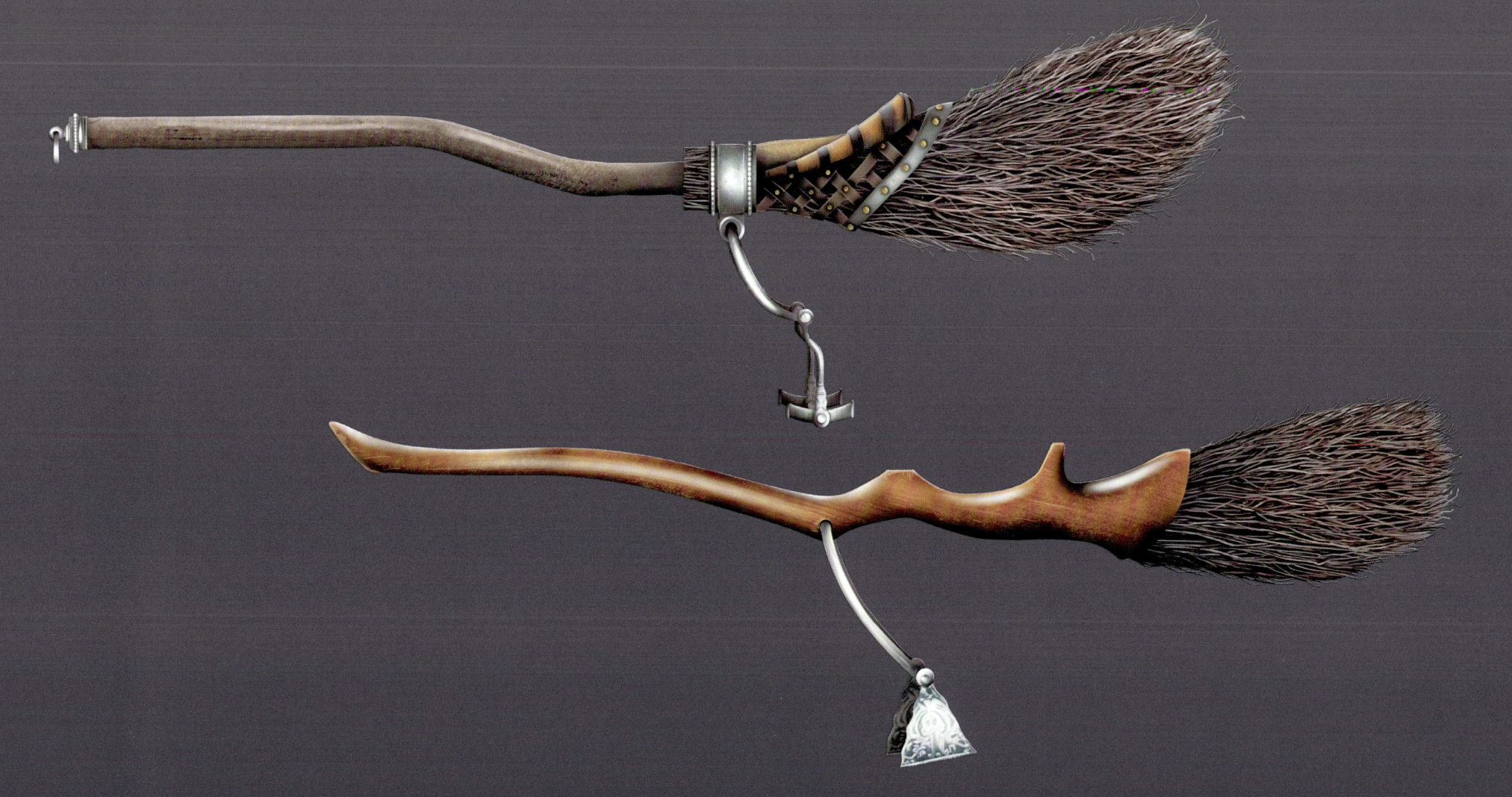

## 악마의 불

악마의 불이 필요의 방을 뒤덮자, 드레이코 말포이와 블레이즈 자비니는 책상과 의자가 높이 쌓인 탑 위에 꼼짝없이 갇히고 만다. 차마 그들을 두고 갈 수 없었던 해리는 두 사람을 구하기 위해 빗자루를 돌린다. 론도 마지못해 뒤따르며 "쟤네들 때문에 우리가 죽으면 내 손에 죽을 줄 알아!"라고 큰소리친다. 해리가 말포이를, 론이 자비니를 구해내고, 헤르미온느가 앞장서서 필요의 방을 빠져나갈 길을 만든다.

특수효과 팀원 하나는 이렇게 두 사람을 태운 빗자루를 '구조 리그'라고 불렀다. 이 장치는 빠른 속도의 스턴트 장면을 위해 트랙 위에 부착되었다. "빗자루 운전자가 책상 위에 있는 사람과 팔짱을 껴서 빗자루 뒤에 휙 올려 태워야 했어요. 카우보이처럼요. 고난도의 작업이었는데 결과가 잘 나온 것 같아요." 존 리처드슨의 말이다.

불속을 무사히 빠져나온 뒤에는 착지하는 문제가 남았다. 스티븐 울펜던은 이렇게 설명한다. "스턴트 동작과 시간이 딱 맞아야 했어요. 실제로 바닥에 충격이 가니까요. 착지할 때 두 사람의 몸이 빗자루와 뒤엉키는 점도 고려해야 했죠." 이 장면에 투입된 2명의 스턴트맨은 그린스크린 앞에서 해리의 빗자루에 올라탄 동시에 엄청난 가속이 붙고 있는 트랙의 플랫폼 위에 서 있었다. 그리고 리그가 미리 설정한 지점에 부딪치는 순간, 플랫폼에서 뛰어내려 바닥에 나뒹굴며 착지 장면을 완성했다.

# 〈신비한 동물사전〉의 빗자루

## 오러들의 빗자루

1920년대를 배경으로 한 〈신비한 동물들과 그린델왈드의 범죄〉에서는 어둠의 마법사 겔러트 그린델왈드가 순수 혈통 마법사들을 결집해 세계를 지배하려 한다. 미국 마법사 의회(MACUSA)에 의해 뉴욕에서 체포된 그린델왈드는 재판을 위해 런던 마법 정부로의 이송을 앞두고 있다. 그를 이송하기 위해 세스트럴이 끄는 마차가 동원되고, 4명의 오러가 빗자루를 타고 뒤따른다. 프로덕션 디자이너는 이 오러들의 빗자루로 빠르고 효율적인 모델을 요구했다. 콘셉트 아티스트 몰리 솔은 이렇게 회상한다. "빗자루계의 경찰차 같은 게 필요했어요. 게다가 날아가고 있는 것처럼 보여야 했죠. 그래서 좀 더 고전적인 스타일이면서 동시에 세련되고 속도감 있는 디자인을 목표로 했어요." 오러 빗자루는 폴리우레탄 수지로 자루를 주조한 다음, 기다란 잔가지를 하나씩 심어서 빗머리를 만들었다.

그린델왈드는 마차를 탈취한 후 마법 지팡이로 번개를 발사해 오러들을 나가떨어지게 한다. "이 장면을 위해 빗자루 비행 촬영법을 새롭게 고안했어요." 보조 스턴트 감독 마크 메일리의 말이다. 모션 컨트롤 베이스 대신 평형추가 달린 '튜닝 포크'라는 장치로 와이어를 조종한 것이다. 이 시스템을 이용하면, 빗자루를 탄 사람 밑에 아무런 장치도 달려 있지 않은 덕분에 카메라가 아래서 위를 올려다보는 로 앵글이 가능했고, 이전보다 가까이 지나가며 촬영할 수 있었다. "빗자루에 끌려다니는 게 아니라 사람이 주도할 수 있게 됐죠. 실제 빗자루를 타는 행위에 가장 가까운 방식일 거예요." 메일리의 설명이다.

## 카셰 광장의 빗자루

〈신비한 동물들과 그린델왈드의 범죄〉는 런던과 파리 두 군데서 사건이 벌어지기 때문에, 제작진은 다이애건 앨리의 프랑스 버전인 '카셰 광장'을 만들어 내야 했다. 프로덕션 디자이너 스튜어트 크레이그와 세트 장식가 애나 피녹은 마법사 시장이라면 다이애건 앨리처럼 학생들이 필요로 하는 것을 파는 상점들이 늘어서 있어야 한다고 생각했다. 그렇게 해서 솥단지 상점 '무슈 상팡 쇼드롱', 약재상 '닥터 아지즈 브랑시플로르', 퀴디치 용품점 '가스통 마카롱'이 탄생했다.

가스통 마카롱에서는 마법사 세계 최고의 스포츠인 퀴디치에 사용되는 장비들을 판다. 쿼플이나 블러저 같은 공은 물론이고, 프랑스다운 멋이 느껴지는 빗자루들도 보인다. 이 영화의 시대적 배경은 1927년으로, 자연물에서 영감을 얻은 아르누보 스타일이 유행하던 때였다. 따라서 퀴디치 용품에도 이러한 사조가 반영되었다.

자유로운 곡선을 그리며 비대칭적으로 구부러진 은제 자루는 우아한 식물 덩굴이나 구부러진 새의 목처럼 자연스러운 형태를 띠고 있다. 빗머리는 다른 빗자루들보다 가볍고 날카로운 재료로 만들어서, 마치 고슴도치의 가시를 새끼줄로 세 번 묶어놓은 것처럼 보인다.

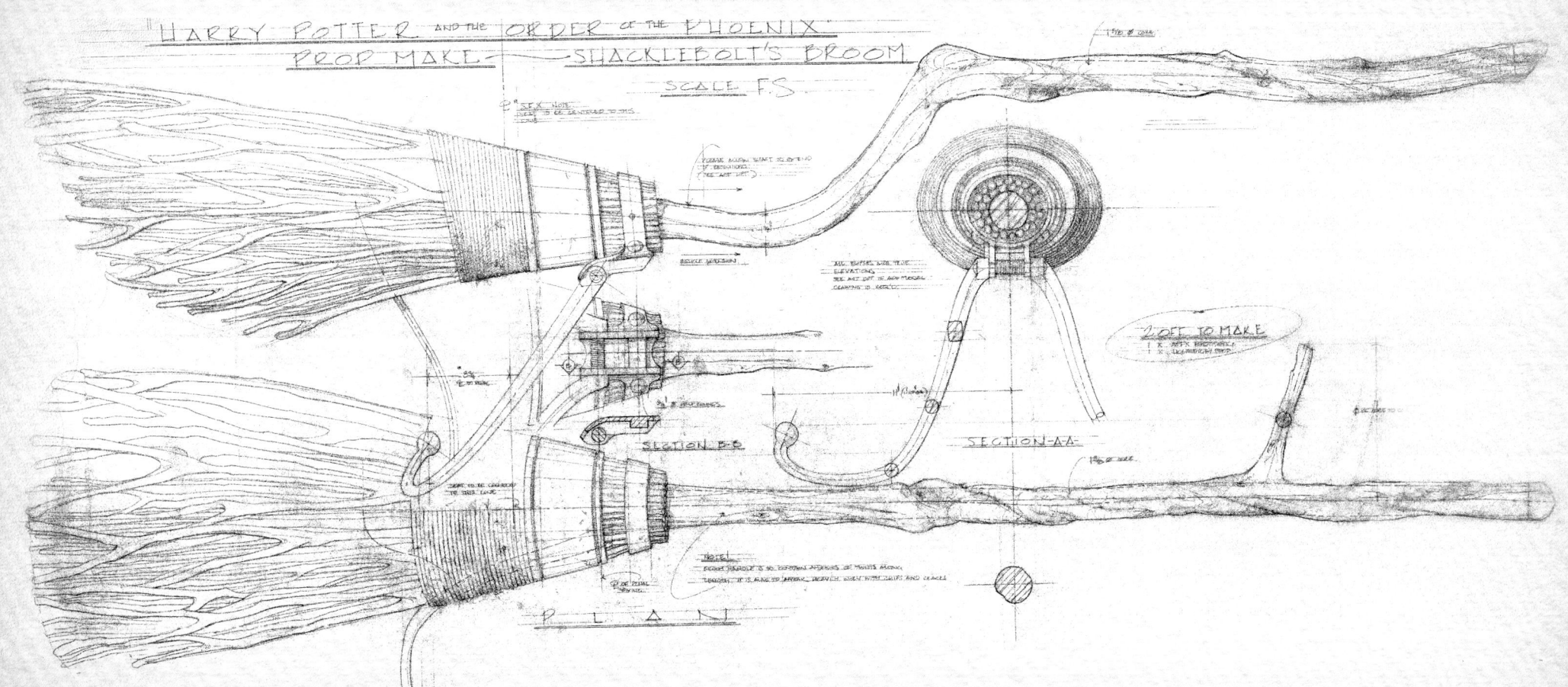

# 빗자루 도안

## 파이어볼트의 도안

콘셉트 아티스트 더멋 파워는 파이어볼트 빗자루 디자인에 관해 매우 구체적인 아이디어를 갖고 있었다. 빗자루 고정쇠에서 튀어나온 손잡이(그는 이 부분을 '크랭크 하부'라고 불렀다)가 자연스럽게 비틀려 올라가며 여러 재료를 합성해 만든 자루와 연결되는 것이었다. 원래 고정쇠로 금색 고리 하나만 두르고 밑면에 얇은 양각을 넣으려 했지만, 2개의 민무늬 은제 고리로 수정했다. 빗머리 부분은 자작나무를 꼬아 만든 '덮개'로 잔가지들을 감쌀 계획이었다. 하지만 최종 버전에서는 덮개 대신 아래쪽 고리에 굵은 자작나무 가지 2개를 서로 반대 방향으로 삽입해 빗살들 위로 V자 모양의 보호용 덮개가 씌워진 것처럼 만들었다.

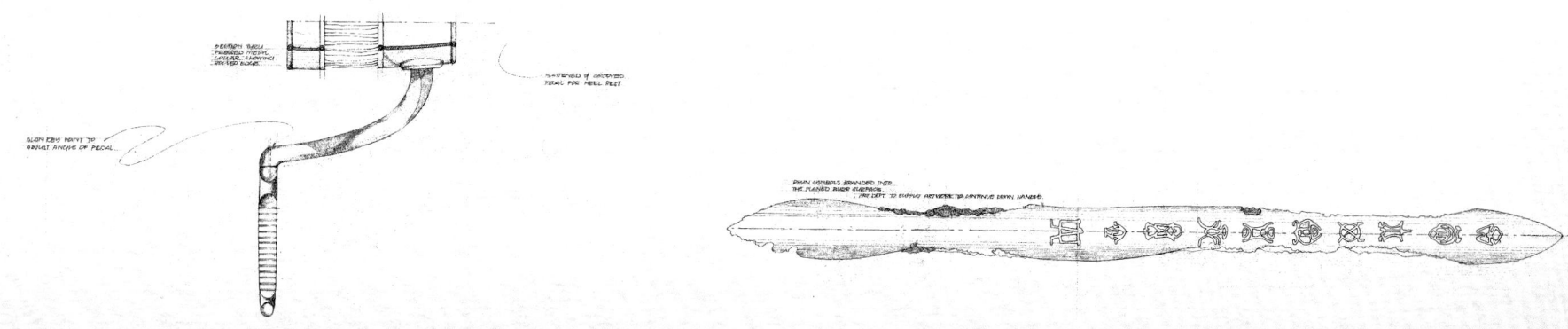

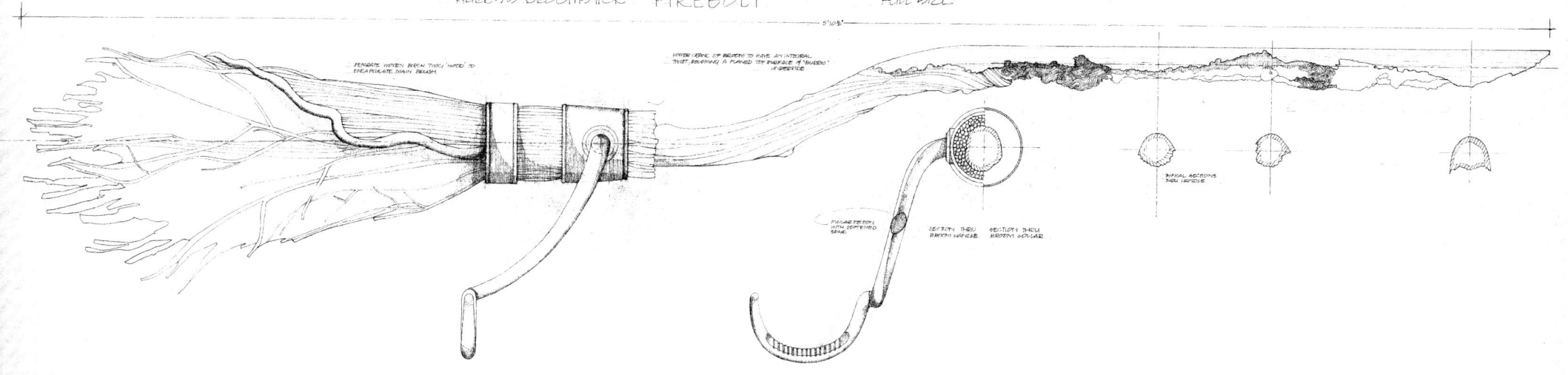

## 액션 빗자루의 도안

해리가 주장이 된 그리핀도르 퀴디치 팀에 새로운 멤버들이 합류하고 슬리데린 팀에도 신입들이 생기면서, 콘셉트 아티스트와 제도사들은 〈해리 포터와 혼혈 왕자〉를 위해 10개가 넘는 빗자루 디자인을 새롭게 창안해야 했다. 이때 고안된 디자인이 금속이나 가죽의 종류, 빗머리 형태와 손잡이의 각도 등 몇 가지 요소만 다양하게 바꾸면 되는 세 유형의 '액션' 빗자루였다. 이전 빗자루들을 참고하거나 디자인을 재활용하기도 했다. 프레드와 조지, 통스의 빗자루에서 페달을, 빅토르 크롬의 빗자루에서 손잡이를, 심지어 해리의 파이어볼트 하드웨어를 차용하기도 했다. 손잡이 재료와 빗머리 길이 등을 구체적으로 적은 액션 빗자루의 도안은 어맨다 레가트, 마틴 폴리, 스티븐 스웨인이 작성했다.

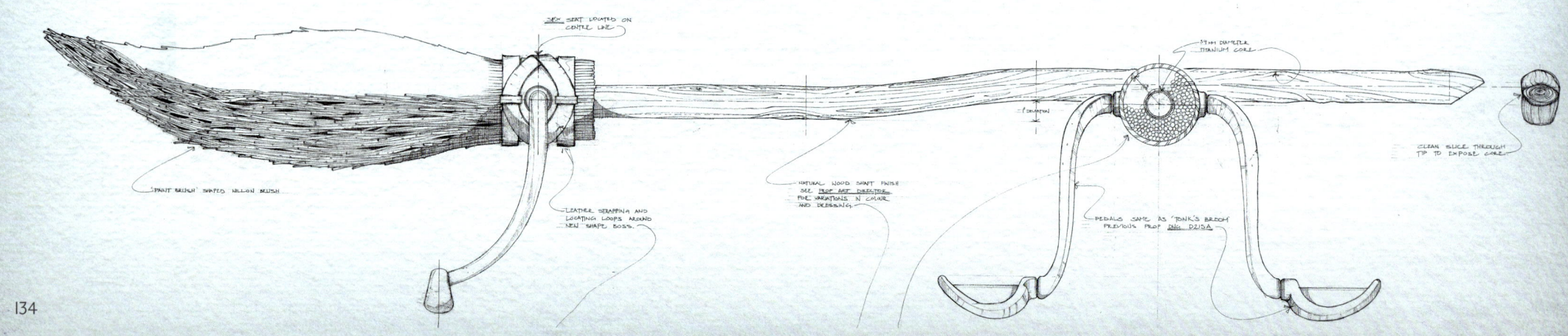

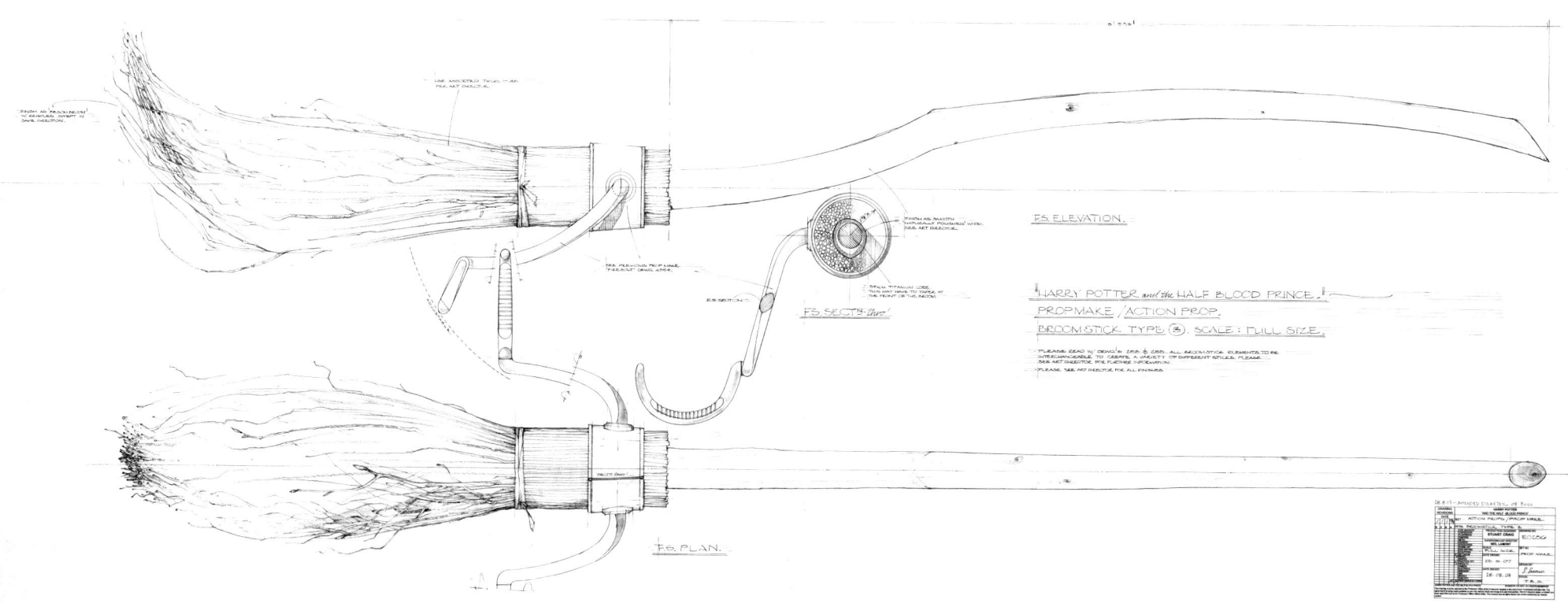

## 앨러스터 무디의 빗자루 도안

앨러스터 무디의 빗자루는 구조도 구조지만 장식 면에서 특이한 부분이 많은데, 자루 끝부분과 빗머리 고정쇠의 장식은 제도사인 게리 조플링이 아이디어를 낸 것이다. 그 밖에도 조플링은 산화된 금속으로 자루 전체를 덮는다는 독특한 아이디어를 제안했다. 하지만 최종 버전에서는 자루 끝부분에만 고정쇠와 어울리는 금속 세공 재킷을 씌웠다.

〈해리 포터〉 시리즈뿐 아니라 영화 전편 제작에 참여하는 제도사들은 전문가 수준의 공학과 건축학적 지식을 갖고 있어야 한다. 그래야만 실제 소품 제작에 들어가기 전에 구체적인 사항을 상의할 수 있기 때문이다. 앨러스터 무디의 빗자루는 구조가 특히 복잡해서, 입면도(길이와 높이, 기타 치수와 완성된 외관의 청사진을 제공하는 도면)를 제작하는 제도사들은 모션 컨트롤 장치 위에서 빗자루가 배우 브렌던 글리슨을 제대로 지탱할 수 있도록 여러 가지 사안을 고려해야 했다.

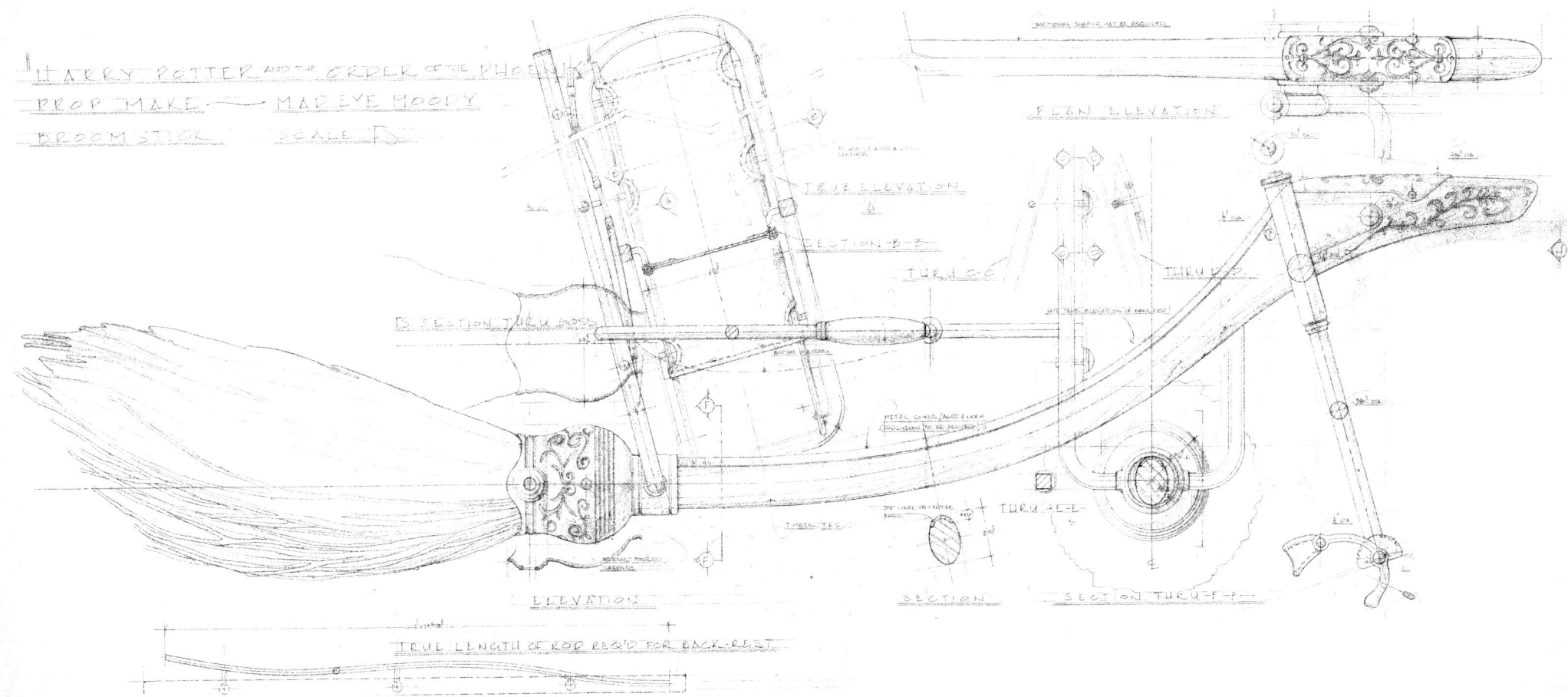

## 아서 위즐리의 빗자루 도안

미라포라 미나는 자신이 디자인한 아서 위즐리의 빗자루를 진심으로 좋아했지만, 기회가 있으면 바꾸고 싶은 부분도 있다고 말한다. "머글 물건이라면 뭐든 좋아하는 사람이잖아요. 그럼 2인용 빗자루를 2인용 패들 보트 같은 모습으로 만들지 않았을까 싶어요. 그런 다음에 또 다른 머글 물건들을 가져다 여기저기 개조하는 거죠. 로브 자락이 끼지 않을 방법 등을 개발하면서요."

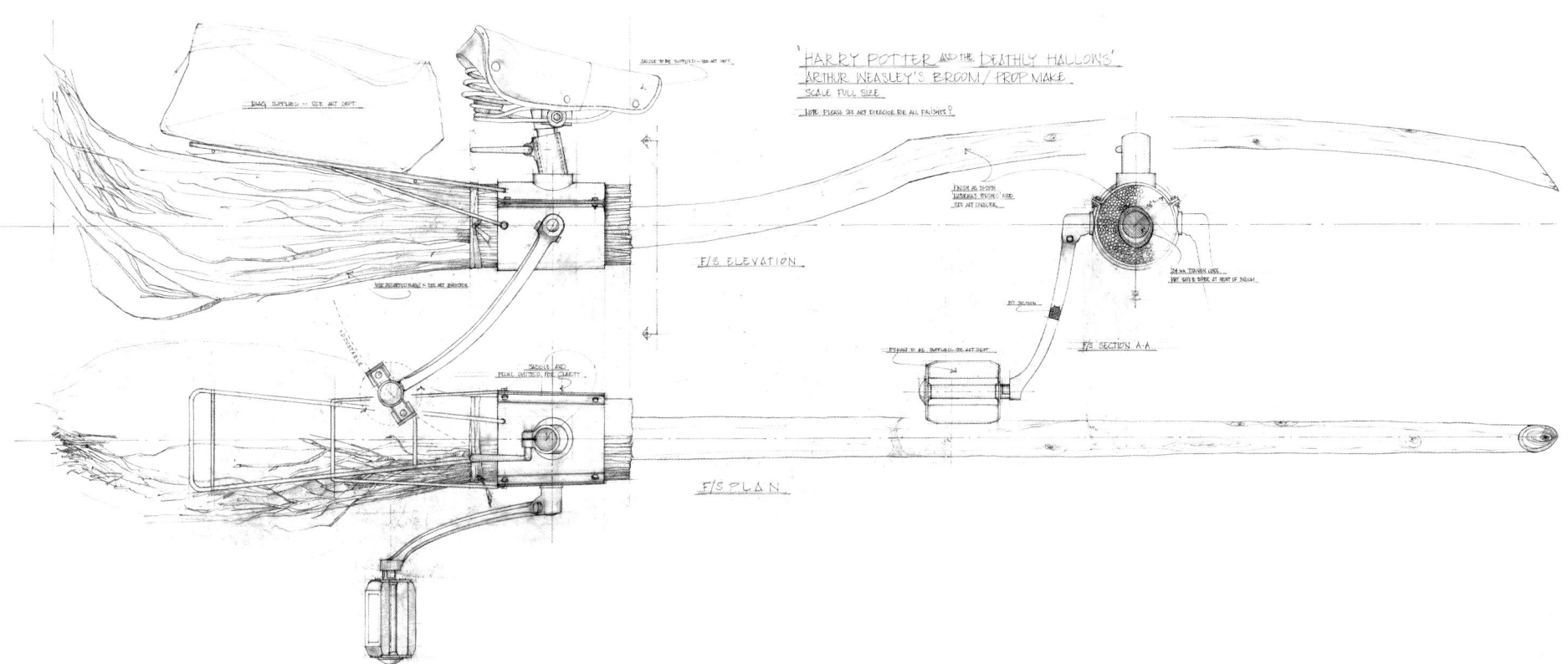

## 론의 필요의 방 빗자루 도안

론 위즐리가 필요의 방에서 악마의 불을 피할 때 사용한 빗자루에는 (줄리아 디호프의 도안에 따라) 〈해리 포터〉 시리즈에서 유일하게 덮개가 씌워져 있으며, 고정쇠와 빗머리도 독특한 구조로 되어 있다. 최종 버전에서는 빗머리 위에 씌워진 흙받이 스타일의 부품이 디호프가 디자인한 직조무늬에서 민무늬로 변경되었다. 1800년대의 미국식 말안장을 연상시키는 이 덮개는 U자 형태의 보호망을 지지해 주는 역할을 한다.

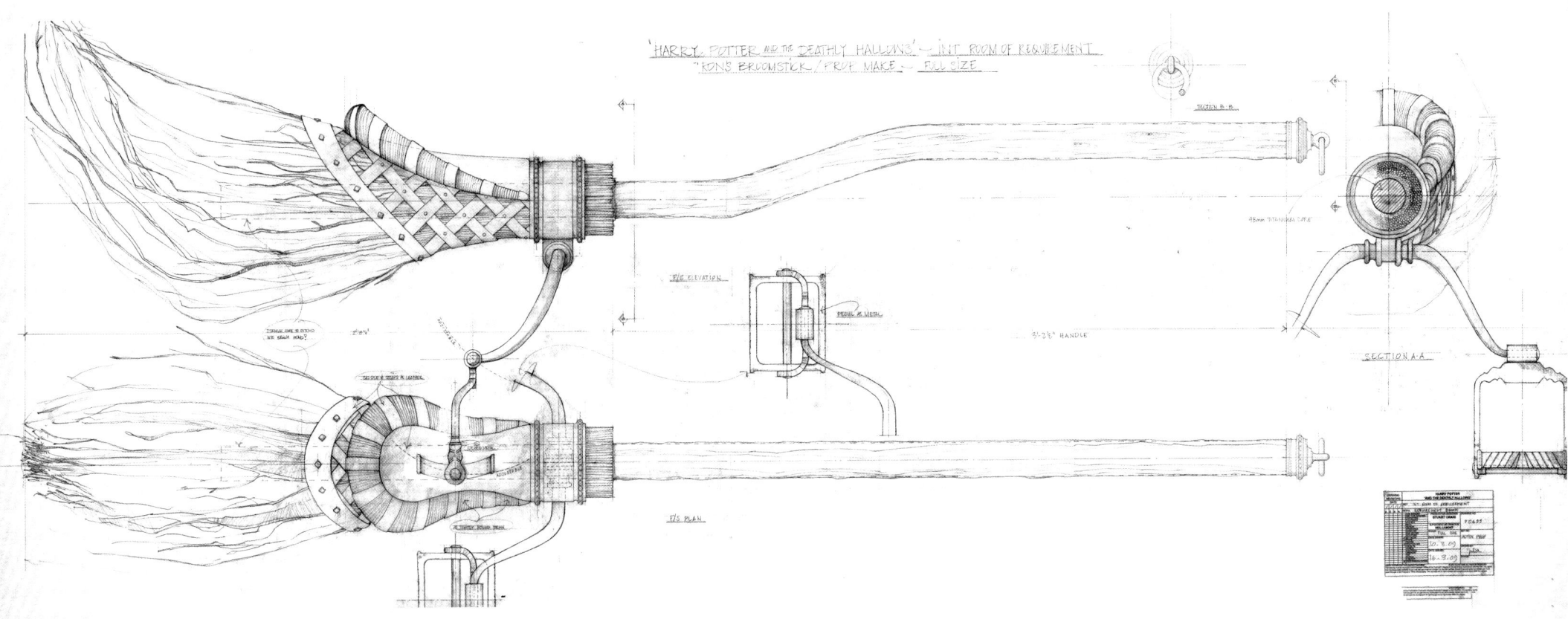

# 마무리하며

〈해리 포터〉 시리즈의 첫 영화인 〈해리 포터와 마법사의 돌〉에서 대니얼 래드클리프가 가장 좋아한 장면 중 하나는 애니크 성에서 촬영한 첫 번째 비행 수업이었다. "빗자루가 제 손까지 떠오르자 제가 뿌듯해하며 살짝 미소 짓는 그 로 앵글 숏에는 아주 사랑스러우면서 순진무구한 뭔가가 있어요." 대니얼은 빗자루를 타고 비행하는 순간을 오랫동안 기대해 왔다. 하지만 울퉁불퉁한 대빗자루를 가랑이 사이에 끼우고 앉아 리그 장치에 매달려 있던 첫 촬영은 솔직히 그리 신나지만은 않았다.

그렇지만 "세월이 갈수록 빗자루는 점점 더 진화했"다고 〈해리 포터〉 시리즈의 스턴트 감독 그레그 파월은 증언한다. "오래된 고물차에서 시작해 좌석과 핸들을 갖춘 빗자루계의 롤스로이스로 끝이 났죠. 처음엔 그렇지 않았어요. 정원용 빗자루에 불과했던 게 점점 현대화됐죠. 자동차처럼요."

특수효과와 시각효과 팀은 〈해리 포터〉 시리즈 내내 빗자루 비행의 수준을 꾸준히 높여 갔다. 새로 도입된 기술들로 더 높고, 빠르고, 스릴 있는 빗자루 액션이 가능해졌다. 강풍기로 둘러싸인 그린스크린 앞에서 빗자루에 며칠씩 올라타 있어야 하는 배우들의 편의도 향상되었다. 퀴디치 경기는 한층 복잡해졌지만, 동시에 현실감이 높아지며 관객들에게 더욱 친근하게 다가설 수 있게 되었다.

"저는 하늘을 나는 걸 오래전부터 동경해 왔어요." 배우 앨프리드 이넉의 말이다. 그가 연기한 딘 토머스는 〈해리 포터와 혼혈 왕자〉에서 그리핀도르 퀴디치 팀에 합류했다. "빗자루를 타고 날아올라 완전한 해방감을 맛볼 수 있다니, 멋지지 않나요?"

# 빗자루 한눈에 보기

100쪽 • '매드아이' 앨러스터 무디의 빗자루

102쪽 • 킹슬리 샤클볼트의 빗자루

104쪽 • 님파도라 통스의 빗자루

112쪽 • 아서 위즐리의 빗자루

114쪽 • 리머스 루핀의 빗자루

116쪽 • 죽음을 먹는 자들의 빗자루

120쪽 • 필요의 방에서 해리가 사용한 빗자루

120쪽 • 필요의 방에서 론이 사용한 빗자루

126쪽 • 오러들의 빗자루

128쪽 • 카세 광장의 빗자루

**지은이 조디 리벤슨** Jody Revenson

뉴욕 대학교를 졸업한 후 10년간 할리우드 영화 산업에서 종사했다. 자신은 래번클로가 분명하다고 믿고 있다는 조디 리벤슨은 《해리 포터와 생명체 금고》, 《해리 포터와 캐릭터 금고》를 비롯해 《해리 포터와 마법 도구 금고》, 《해리 포터와 영화 속 마법 장소》로 이어지는 4권의 '해리 포터 금고 시리즈' 및 《해리 포터》 영화에 관한 다양한 책을 집필하고, 《Harry Potter: Film Wizardry》, 《Harry Potter: Page to Screen》, 《Harry Potter Poster Collection: Quintessential Images》, 《Harry Potter Poster Collection: The Definitive Movie Posters》의 편집 및 출간에 참여하며 《해리 포터》 '마법 세계'에 발을 디뎠다.

**옮긴이 최지원**

연세대학교 신문방송학과를 졸업하고 미국으로 건너가 에머슨 칼리지에서 미디어 아트를 전공했다. 미국에서 문화산업 관련 일을 했으며 영화, 드라마, 다큐멘터리 등 다양한 영상을 번역해 왔다. 현재 번역 에이전시 엔터스코리아에서 번역가로 활동 중이다. 옮긴 책으로 《해리 포터 지팡이 컬렉션》, 《해리 포터 무비 스크랩북: 주문과 마법》, 《신비한 마법의 기록: 신비한 동물들과 그린델왈드의 범죄 영화 속 숨은 이야기들》, 《해리 포터 무비 스크랩북: 다이애건 앨리》, 《해리 포터 무비 스크랩북: 호그와트》, 《로키: 장난의 신》, 《Marvel 가디언즈 오브 더 갤럭시 얼티밋 가이드》, 《어벤저스 얼티밋 가이드》, 《마블 스파이더맨 백과사전》, 《마블 스파이더맨: 게임 아트북》, 《DC 아쿠아맨 아트북》, 《옥자: 디 아트 앤드 메이킹 오브 더 필름》 등 다수가 있다.

Copyright © 2021 Warner Bros. Entertainment Inc. WIZARDING WORLD characters, names and related indicia are © & ™ Warner Bros. Entertainment Inc. WB SHIELD: TM & © WBEI. Publishing Rights © JKR. (s21)

All rights reserved.
Originally published by Insight Editions, San Rafael, California, in 2021.
First published in Korea in 2021 by Moonhak Soochup Publishing Co., Ltd.
Published by arrangement through Orange Agency.

이 책의 한국어판은 오렌지에이전시를 통해 저작권사와 독점 계약한 ㈜문학수첩에서 2021년 출간되었습니다. 저작권법에 의해 보호를 받는 저작물이므로 무단 전재와 무단 복제를 금합니다.

## 해리 포터 빗자루 컬렉션

초판 1쇄 발행 2021년 12월 10일

지은이 | 조디 리벤슨
옮긴이 | 최지원
발행인 | 강봉자, 김은경

펴낸곳 | ㈜문학수첩
주소 | 경기도 파주시 회동길 503-1(문발동 633-4) 출판문화단지
전화 | 031-955-9088(마케팅부), 9532(편집부)
팩스 | 031-955-9066
등록 | 1991년 11월 27일 제16-482호

홈페이지 | www.moonhak.co.kr
블로그 | blog.naver.com/moonhak91
이메일 | moonhak@moonhak.co.kr

ISBN 978-89-8392-867-2

* 파본은 구매처에서 바꾸어 드립니다.

Publisher: Raoul Goff
Associate Publisher: Vanessa Lopez
Creative Director: Chrissy Kwasnik
VP of Manufacturing: Alix Nicholaeff
Designers: Monique Narboneta & Judy Wiatrek Trum
Senior Editor: Greg Solano
Editorial Assistant: Maya Alpert
Managing Editor: Lauren LePera
Senior Production Editor: Rachel Anderson
Senior Production Manager: Greg Steffen
Broom Illustrations by Richard Davies

인사이트 에디션은 평화의 뿌리(Roots of Peace)와 함께 이 책의 제작에 사용된 나무 한 그루당 두 그루의 나무를 심을 예정입니다. 국제적으로 저명한 인도주의 단체 평화의 뿌리는 매설 지뢰를 제거하고 전쟁으로 황폐화된 땅을 생산 가능한 농장과 야생동물 서식지로 바꾸기 위해 활동하고 있습니다. 평화의 뿌리는 아프가니스탄에 200만 그루의 과실수를 심고 현지 농업인들에게 토지를 계속해서 사용하는 데 필요한 기술과 지원을 제공할 것입니다.

Manufactured in China by Insight Editions

10 9 8 7 6 5 4 3 2 1